TENEBROSO

TENEBROSO
EL ÚLTIMO INMORTAL

JUVENAL ACOSTA

Diseño e ilustración de portada: Davide Nadalin
Fotografía del autor: Marina Ávila

© 2016, Juvenal Acosta

Derechos reservados

© 2016, Editorial Planeta Mexicana, S.A. de C.V.
Bajo el sello editorial PLANETA M.R.
Avenida Presidente Masarik núm. 111, Piso 2
Colonia Polanco V Sección
Deleg. Miguel Hidalgo
C.P. 11560, Ciudad de México
www.planetadelibros.com.mx

Primera edición: mayo de 2016
ISBN: 978-607-07-3392-5

No se permite la reproducción total o parcial de este libro ni su incorporación a un sistema informático, ni su transmisión en cualquier forma o por cualquier medio, sea este electrónico, mecánico, por fotocopia, por grabación u otros métodos, sin el permiso previo y por escrito de los titulares del *copyright*.
La infracción de los derechos mencionados puede ser constitutiva de delito contra la propiedad intelectual (Arts. 229 y siguientes de la Ley Federal de Derechos de Autor y Arts. 424 y siguientes del Código Penal).

Impreso en los talleres de Litográfica Ingramex, S.A. de C.V.
Centeno núm. 162-1, colonia Granjas Esmeralda, Ciudad de México
Impreso y hecho en México – *Printed and made in Mexico*

A mi madre, Laura Alicia Hernández Muñoz

A Bettina y Emilio

(Y porque esta historia comenzó en la pampa también le pertenece a mi familia argentina en Buenos Aires, Tandil y Rauch: los Larroudé, Rodríguez Fernández, García Espil, Giovanetti, Vallejo y Macagno, porque me dieron mucho más que asados y vinos inolvidables en mis cuatro años de ciudad y provincia de Buenos Aires)

Parezco, entre los hombres civilizados, una especie de intruso, un troglodita enamorado de la decrepitud, sumergido en plegarias subversivas, víctima de un pánico que no surge de una visión del mundo sino de los espasmos de la carne y las tenebrae *de la sangre.*

EMIL CIORAN

Ningún hombre muere sin conocer alguna forma de la gloria.

RODOLFO USIGLI

I

ALMAS EN PENA ESTILO MEXICANO

LA VIDA DE TODOS LOS DÍAS

Eran las cinco en punto de la tarde y yo comenzaba a conciliar el sueño cuando me despertó el timbre del celular con las vigorosas notas de la Marcha de Zacatecas, esa marsellesa azteca que los mexicanos escuchamos con sacrosanta emoción revolucionaria. La llamada era de Max. Max es un poeta hiperultraísta que en los últimos años se ha vuelto muy famoso en Coyoacán y en las colonias Roma y Condesa, importantes focos de infección literaria. Ser reconocido por la crítica y el público en el mundillo neurótico y exquisito de la poesía mexicana, un gueto intelectual que admiro y evito, significa que los tres millones de poetas que han editado uno o dos magros libros de versos en el D.F., Guadalajara y Oaxaca, que son las grandes capitales de la poesía nacional, viven con el celo y la amargura que les causan los seis espléndidos volúmenes que Max ha publicado para el beneplácito de lectores fieles y críticos sagaces. Así es como en nuestro pobre país se miden el talento y la fama, de manera directamente proporcional a la envidia. Que los dioses te libren del rencor de un poeta.

Los libros de Max, todos ellos dedicados a un humilde servidor con sinceras frases barrocas y fraternas, honran los estantes de roble de la biblioteca de mi residencia de Coyoacán. Vivo en el centro de este barrio del sur de la ciudad, en la centenaria y noble avenida Francisco Sosa, una calle angosta y empedrada que a diario recorren con ojos admirados los turistas. Mi casa está protegida por unos muros altísimos de piedra y un moderno sistema de alarma que mantiene a raya a ladrones e intrusos. Vista desde su exterior, la mansión no llama la atención porque la gente que pasa frente a ella asume que tras esos gruesos muros de piedra volcánica vive alguna estrella invisible de Televisa o algún político corrupto, uno de los miles de proxenetas de la patria que se han enriquecido saqueando las arcas desnutridas de la nación. Pero mi morada no es una casa más. Cuando la compré, a fines del XIX eterno, era una vieja hacienda mexicana venida a menos de la que restaba únicamente el casco. Con la ayuda de mi imaginación y el consejo de un arquitecto discípulo de Manuel Tolsá, la convertí en un lugar digno de alguien de mi estirpe. Techos altísimos con finos detalles de madera, bóvedas y arcos de ladrillo, largos pasillos con las paredes cubiertas de objetos de arte y libros, habitaciones frescas, grandes y oscuras. En su centro, como en el de la casa de los marqueses del Apartado y Selva Negra, hay un patio enorme enmarcado por muros de cantera rosa traída de Morelia y arcos cubiertos de buganvilias, donde una fuente decorada con mosaicos de Talavera es el ombligo líquido y melodioso de un laberinto de estancias y cuartos decorados con muebles coloniales.

Poseo una colección de arte que favorece la pintura española y criolla de los siglos XVII y XVIII: obras magistrales de Luis Juárez y Baltasar de Echave Orio el Viejo, cuadros tenebristas de los barrocos Ribera, Zurbarán y Ribalta en los que se advierte la benéfica influencia de Caravaggio, y un paisaje de Alonso López de Herrera. En un muro principal he reunido una gran cantidad de exvotos y retablos populares. Distribuidos a lo largo y ancho de la casa hay muchos objetos que rescaté de las residencias de mis antepasados en México y Europa, desde muebles y vajillas hasta platería, cortinas de terciopelo violeta y tapetes persas.

La sección más importante de mi casa es la biblioteca, donde guardo verdaderos tesoros: primeras ediciones y libros que datan del siglo XVII, obras de Carlos Sigüenza y Góngora, documentos firmados por fray Juan de Torquemada, incluyendo uno donde hace mención de su célebre *Monarquía indiana*. Tengo una carta del criollo don Fernando de Alva Ixtlilxóchitl dirigida al virrey de turno; un ejemplar original de la *Historia de la conquista de México,* de Antonio de Solís; la primera edición, publicada en Filadelfia en 1826, de *Xicoténcatl*. Precisamente desde la biblioteca uno puede entrar al sótano. No se puede ser inmortal sin tener un sótano respetable. A diferencia de algunos de mis ancestros de reputación oscura, yo no tengo instalada en el subsuelo una cámara de torturas —los inmortales modernos no somos policías judiciales ni militares sudamericanos—, sino una cava que contiene una colección cuidadosamente elegida de vinos franceses, españoles y californianos.

La llamada de Max era, como siempre, inoportuna. Max es un genio, por lo tanto es necio y caprichoso. Su falta de cortesía es directamente proporcional a sus dimensiones físicas: mide casi dos metros. Además, es el líder de un culto monoteísta cuyo dios omnipotente es él mismo. A donde va le sigue una sombra pegajosa de amigos y fans femeninas del hiperultraísmo, que le proporciona compañía escénica, aplauso falso, nalga fácil y cocaína de segunda. A cambio de su lealtad, estos cortesanos esperan como única recompensa la sonrisa Colgate del bardo seductor que a los treinta y cinco años ha vivido lo que pocos inmortales vivimos a los cien.

—¿*Tons* qué, güey? ¿*On* 'tás? —dijo Max.

Al escucharlo me pregunté cómo alguien tan culto y sofisticado podía usar con tal desparpajo un lenguaje tan arrabalero. Max llamaba para pedirme que acudiese *ipso facto* a la cantina donde estaba «chacoteando» con sus vampis, porque su *dealer* iba a llegar en cualquier momento con cinco gramos de coca, y yo debía «salirle al quite con una lana». Max usa este término, «vampis», para referirse a su club personal de admiradoras, que generalmente fluctúan entre los dieciocho y los veintidós años y que, en aquellos días de otoño del año pasado en que comienza esta adjetivada crónica ejemplar, eran dos: Carmen y Carla.

Esa palabra, «vampis», me incomoda. Max no sabe ni puede saber que soy un inmortal, ni más ni menos que el último de mi estirpe. Tal vez lo sospecha. Yo jamás se lo he dicho porque hasta la amistad debe tener sus límites, y ningún humano ordinario puede poseer esa información privada.

—Max —dije—, ¿cuándo vas a aprender a no llamar a la hora de mi siesta?

Pero nadie puede decirle que no a Max. Me levanté del ataúd de pino de Milpa Alta, donde reposo como muerto de rancho ya que valoro las virtudes incómodas de la vida ejercida en humildad: mi abuelo me repitió hasta el hartazgo que la incomodidad fortalece el carácter. Me bañé y arreglé con esmero. Frente al espejo observé las ojeras profundas que contrastaban dramáticamente con la palidez mortecina de mi piel: mi cuerpo comenzaba a mostrar la evidencia de sus ciento noventa y siete años, que en edad humana equivalen a treinta y seis. Mis ojos se resignaron al espectáculo preocupante de mi cintura y confirmé con desazón que tenía que dejar los tacos de moronga.

Después de haber hecho unos buches y unas gárgaras con agua de colonia Sanborns (ya hablaré del problema desdichado que tenemos los inmortales con el aliento), me vestí de negro, muy propio como siempre, con un traje hecho a la medida por mi viejo sastre de la avenida Cinco de Mayo, camisa de algodón egipcio, corbata de seda carmesí y cabello aplastado y lustroso con el vago aroma de la brillantina, que me da un aspecto de anticuado cantor de tangos, y por supuesto, mi capa de terciopelo negro y forro de satín púrpura, que hace que me parezca a Juan José Arreola paseándose apresurado por el centro histórico en la década de los ochenta. Me dirigí a la esquina a esperar a que pasase un taxi, no sin antes despedirme de mi viejo criado, Mariselo Morales, un anciano flatulento, sordo y medio ciego.

Me sentí afortunado porque en menos de un minuto surgió un flamante minitaxi que se aproximaba a toda velocidad en mi dirección. Al verlo, me alegré de que mi medio de transporte fuera un vehículo nuevo y, por lo tanto, limpio. Me subí atento de que que mi capa no tocase el pavimento ni quedase atrapada al cerrar la portezuela, e instruí al plebeyo conductor para que me llevase hasta donde Max departía alegremente con los otros bohemios en torno a una mesa de cantina. El chofer me miró con una malsana curiosidad chilanga que yo juzgué impertinente y me preguntó, con la insolencia típica de la clase trabajadora mexicana, que si ya era «jálogüin». Lo ignoré. Para protegerme de la charla indeseada, me sumergí en el cenote sagrado de mis pensamientos mientras observaba el movimiento agitado de la ciudad al otro lado de la ventana.

«Ah, México-Tenochtitlan», suspiré emocionado. La visión de las calles, ocupadas por miles de transeúntes que se movían febrilmente como gusanos diminutos en el cadáver de un perro descomunal, me conmovió. No lamenté, como en otras ocasiones, mi condición de habitante de la urbe, otrora residencia de un noble pueblo, porque el cielo estaba cuajado de nubes grises que transitaban con parsimonia meditabunda por encima de la mancha urbana y, con toda certeza, explotarían más tarde para derramarse a cántaros, con esa lluvia recia y pura que los mexicanos imaginamos que sólo existe en el valle de Anáhuac.

«Ah, México bajo la lluvia es como una indígena que se baña en un río, encuerada de la cintura para arriba, mientras las garzas discretas levantan su vuelo como pañuelos blancos que se lleva el viento. Ojalá haya una tormenta eléctrica», deseé con anhelo. «Ojalá el cielo cochambroso del valle de México retumbe con esos truenos graves que provocan el temblor de los volcanes y el reblandecimiento de las partes íntimas de las señoritas, como casi escribiera el joven abuelo poeta. Ojalá el agua limpie las calles, lave las banquetas, ayude a purificar las conciencias turbias. Ojalá...» Continuaba en mi ensueño cuando de pronto me di cuenta de que alguien había abierto la puerta del coche. Un gordo prieto, patilludo y sudoroso había ingresado violentamente al taxi y esgrimía frente a mí un amenazante picahielo.

—¡Quieeeto, culero! No te muevas.

«Santa murciélaga», me dije; «¡este gañán igualado me está asaltando!».

El asalto en el D.F. es una institución noble y antigua, y los habitantes de esta metrópoli somos criados con el conocimiento de que es también una ceremonia delicada cuya ejecución, para que sea exitosa y ambas partes sobrevivan, exige el cumplimiento de un protocolo estricto. Cualquier alteración puede ocasionarle a la víctima daño físico e injuria psicológica innecesaria. Por esta razón, recordé instintivamente los pasos rituales necesarios para que mi asalto llegase a buen término. El paso número uno es engarrotarse, es decir, la víctima del atentado no debe realizar ningún movimiento sorpresivo que pueda desconcertar al cacomixtle. No hay nada más peligroso que un ratero que pierda la serenidad o se distraiga a la hora del intercambio forzoso. Paso número dos: el ciudadano agredido debe conservar la calma y escuchar con atención las instrucciones que el ejecutante del ilícito comenzará a impartir apenas el paso número uno se haya cumplido. La segunda orden del gordo sebudo fue tajante y fiel al rito:

—¡Cierra los ojos, puto! Si los abres te pico.

Como el lenguaje elocuente del elemento nocivo de la sociedad no dejaba lugar para la duda o la demora, obedecí. Acto seguido, escuché que el asaltante se dirigía al chofer con familiaridad.

—Chale, carnal. ¿De dónde sacaste al pinche mago?

La pregunta me permitió deducir que chofer y ratero trabajaban en equipo. Nada anormal en esto: taxistas, asaltantes e incluso policías forman la divina trinidad del crimen capitalino. Con gran precaución abrí un poco los ojos y observé que el taxi había ingresado y se había detenido en un callejón solitario. «A continuación», pensé, «se decidirá mi destino inmediato y en éste caben dos posibilidades». La primera y más deseable era que el caco se limita-se a quitarme lo que llevaba encima: reloj, cartera, pisacorbatas. La segunda era la más inconveniente: el secuestro exprés. La idea de pasarme al menos dos horas vaciando mi cuenta de banco en múltiples cajeros automáticos me pareció insoportable. La pregunta siguiente del gordo, dirigida a mí, fue impertinente y derramó el vaso de mi ecuanimidad.

—¿Y tú qué, carnal? ¿Te escapaste de una vidriera de Milano o vas de chambelán a unos quince años?

«Milano», pensé, «la tienda que viste al paisano». Qué insulto, comparar mi fino atuendo con los trapos que venden en ese vil almacén proletario. Su insolencia me hizo perder los estribos y romper con las reglas del dichoso protocolo. Abrí los ojos y, fulminándolo con el rayo de mi ira ocular, lo cogí del pescuezo y le estrellé la jeta contra la ventanilla trasera del Volkswagen, rompiéndole la nariz e inutilizándolo por unos preciosos segundos. En menos de lo que canta un tecolote, extendí una mano rauda, rodeé con ella la garganta del chofer, que no tuvo tiempo de reaccionar, y con un apretón formidable le rompí la manzana de Adán, arruinándole para el resto de su vida cualquier aspiración guajira de convertirse en cantante de mariachi de la plaza Garibaldi. Acto seguido, tomé el picahielo con que el obeso ladrón me había amenazado y, sin misericordia puesto que no la merecía, se lo clavé repetidas veces en el corpachón al tiempo que le decía, de la manera más educada posible aunque con tono enérgico:

—Gandul tripudo, ¡la próxima ocasión fíjate con quién te metes!

No quise arriesgarme a ingerir su sangre porque, como dije antes, estaba vigilando mi peso y consideré que los rufianes mantendrían una dieta estricta de grasosos tacos de suadero y al pastor. Abandoné el auto, dejando a los truhanes en dolorosa pero justa agonía, y me dirigí con paso firme y aura de ángel justiciero a buscar un taxi conducido por un chofer honesto. Cuando finalmente llegué a la cantina donde Max y sus vampis me esperaban, ya casi había olvidado el feo incidente.

LITERANTES

La visión de Max, rodeado de equívocos acólitos y sentado como un mesías posmoderno en el centro de una larga mesa cuajada de vasos, platitos con cacahuates japoneses, chicharrones rociados con salsa Tapachula y limón, ceniceros rebosantes de colillas y botellas de cerveza, me trajo a la mente la imagen piadosa de una representación medieval de la última cena. A su lado izquierdo estaban las dos magdalenas que siempre lo acompañan, las célebres vampis Carla y Carmen, o más bien Carmen y Carla, puesto que Carmen tiene más antigüedad en su profesión de maximusa. Esto hay que decirlo desde ya: todos —menos Max— sabemos que él está locamente enamorado de Carmen.

El resto del grupo era variado: lo acompañaban el poeta postinfrarrealista Pascual Toribio Bruma, cuya depresión era ya legendaria; el iracundo Juramento Casto, periodista cultural y agudo ensayista; un actor de cine muy conocido en la colonia Condesa; un cantante de rock famoso en México y posiblemente también en Guatemala; dos mujeres flacas y vulgarmente tatuadas (seguramente *groupies* del actor o del rockero), y sentado a la diestra de Max, Juan Caca, el *dealer* de la *intelligentsia* mexicana.

Max se levantó de su trono y me saludó con gran ceremonia, gran dignidad, gran sonrisa y gran abrazo. Ésa es una de sus características más notables, hacerle sentir a uno como si fuese su mejor amigo, su único amigo o alguien que, por el simple hecho de aparecerse a su lado, trae profunda dicha a su vida y a su mesa. Pero así saluda Max a todo mundo, amigos y enemigos, con esa gracia social irreprochable. Por ésta y otras razones todos le quieren, le admiran, quieren estar con él, abandonan sus casas, como yo, a cualquier hora del día o la noche para acudir a su llamado. Carmen me saludó con dos besos de aire, porque es medio europea y me tiene afecto. Carla con uno, porque no me quiere tanto como Carmen. Max me jaló de un brazo.

—Conde, acompáñame al baño.

Max siempre me dice «conde», excepto cuando me habla por teléfono, que se dirige a mí con ese atroz «güey» mexicano. Cuando recién nos conocimos, le dio por llamarme «Tene», pero se lo reproché y desde entonces usa mi título nobiliario.

—Conde, necesito que me hagas un paro con la mierda —dijo, bajándose el cierre del pantalón frente al mingitorio. «Mierda», en este contexto, quiere decir cocaína.

—Por supuesto —respondí mientras desviaba la mirada hacia donde hacen nido las arañas para evitar el desagradable espectáculo de ver cómo mi amigo vaciaba ruidosamente su vejiga—. Pero vigila que no se la traguen toda esas dos locas —le advertí. Las vampis eran capaces de despacharse dos gramos de la cocaína más fina en una ida de cinco minutos al baño.

Debo decir que desde el momento que entré a la cantina no me gustó nada el semblante enfermizo de Max. La noche anterior lo había dejado en la casa de Carmen discutiendo con Juramento Casto los libros de algún oscuro ensayista o narrador del este de Europa, hábito común entre los escritores mexicanos que son los únicos que compran libros de autores que nadie lee porque están escritos en términos incomprensibles para el resto de los mortales. Cuando me fui a las cuatro de la madrugada, Carla, para nada interesada en esoterismos literarios, roncaba en un sillón con boca y piernas abiertas mientras Carmen conversaba con Pascual Toribio Bruma sobre algo relacionado con las torres gemelas de Nueva York y la surrealista justicia poética de todo acto terrorista. Carmen

Gargajo de Azcárraga era una mujer interesante. Parecía salida de un cuadro de Remedios Varo. Su cuerpo extremadamente delgado y su mirada furtiva evidenciaban su adicción a toda clase de drogas, además de una anorexia extrema, casi argentina. Era la única hija de un industrial tapatío muy rico, metido a la política panista en el sexenio más oportuno, y esta circunstancia tan común en nuestra posrepública neobananera le garantizaba a Carmen inmunidad a lo largo y ancho del territorio patrio. Se había educado en los Estados Unidos como la mayoría de los *juniors* mexicanos, y como la mayoría de ellos era caprichosa, ignorante, vulgar, racista, intolerante, bruta, egoísta y traicionera. Su única debilidad era Max. Ambos eran inseparables aunque él no fuese soltero, al menos oficialmente. Su héroe estaba casado con una santa.

Cándida Antígona, la esposa de Max, era abogada, oficio al que con frecuencia tenía necesidad de recurrir su marido para salir de las delegaciones policíacas a altas horas de la noche. «Chaparra», el poeta la llamaba por teléfono al menos una vez al mes, «¿me vienes a sacar?». Y ella se levantaba a cualquier hora, como la santa que era, para ir al rescate, con pelos parados y ojos lagañosos. Cándida Antígona, o Chencha para sus amigos, jamás había mostrado celo alguno por la presencia de las vampis en la vida nocturna de su esposo, pues estaba convencida de que éste era un niñote inocente y fiel, incapaz de traicionarla o de hacer nada destructivo en contra de alguien, excepto él mismo. «El peor enemigo de Max es Max», solía decir. Carmen, por su parte, pensaba que Chencha era una monja disfrazada de chupatintas, un ama de casa con título universitario que no entendía el genio de su marido, pero nunca decía nada en su contra porque Max le era fiel a su mujer con una ferocidad animal.

La otra vampi, Carla Madrazo del Pozo, no era lo que la mayoría de la gente prejuiciosa de la Ciudad de México consideraría como una mujer liviana, pero se la pasaba haciendo cosas que Juramento Casto, una especie de conciencia moral del grupo, no dudaba en calificar de puterías. La voluptuosa náyade era una seductora incorregible que tendía a comportarse con gran maldad con quienes cometían la imprudencia de enamorarse de ella. Era, según Casto, una vil calientamachos, una tipa ignorante, mala y cursi, es decir, una chilanga típica. El ensayista lo explicaba como si estuviese demostrando una ley física, influenciado tal vez por sus prejuicios provincianos. La cabellera de Carla, teñida de un rubio demasiado rubio, era evidencia de cierta vulgaridad, común en muchas mujeres de la clase media-alta de la ciudad. Los pechos, demasiado grandes como resultado de unos implantes de silicón adquiridos en Miami, en una de esas clínicas para esposas latinoamericanas ricas, eran su atributo físico más distintivo, ergo su sobrenombre, la Chiquitibum. Carla me trataba con una sequedad que yo consideraba producto de la envidia. La rubia apócrifa alegaba ser descendiente directa de alguna casa noble española, pero en México —ah, mis largos años de experiencia con este amado pueblo, que no logró diluir el trauma psicológico de la conquista con la modernidad— absolutamente todos los miembros de la clase media reclaman descendencia directa de algún noble español, aunque muchos de sus rostros mestizos delaten más nobleza purépecha o zapoteca que aragonesa o sevillana. En una ocasión, Max le echó en cara a Carla su esnobismo y su inseguridad. Le dijo que en su mesa el único noble a quien se le otorgaría un trato correspondiente a su linaje y su alcurnia era el eximio conde Tenebroso Acosta de la Cruz. A partir de ese momento, la Chiquitibum me cobró terrible tirria jarocha porque su familia en realidad venía de Tecolutla, Veracruz, y no de Castilla la Vieja.

¡Cómo me hubiese ayudado haber hecho de Max mi confidente! Qué gran alivio para la noche oscura de mi alma el que yo hubiese podido contarle a un amigo como él los detalles de mi condena. En aquellos días yo comenzaba a sufrir los primeros síntomas de uno de los males más peligrosos que sufrimos los inmortales modernos: el recién diagnosticado Síndrome de Apropiación

Psicohemoglóbica, o SAPHO, descubierto y bautizado así por el ilustre científico inmortal don Férreo Torquemada, tío, nada menos, de mi deliciosa prometida neoyorquina, Isabel Tallulah, condesa de Bergdorf. De acuerdo con el hallazgo del sabio, los efectos de este mal pueden ser gravísimos, ya que cuando uno está bajo su influencia no suele ser consciente de lo que le sucede ni de su conducta. El síndrome consiste en que el inmortal, en ciertas ocasiones y de manera completamente arbitraria, adquiere las características de aquel individuo a quien le ha chupado la sangre. Esta transformación no es física, sino psicológica, y puede durar hasta veinticuatro horas, dependiendo de la densidad específica de la sangre de la víctima así como de la corpulencia física del inmortal.

Hubiese querido confiarle a Max lo que me sucedió la semana anterior, cuando me topé con un argentino en una de las calles aledañas al Parque México. El rioplatense venía fumando plácidamente un pucho y tarareaba *La cumparsita* al tiempo que pateaba ocasionalmente alguna piedrecilla, como un Messi de la medianoche. Lo intercepté para pedirle fuego. Yo no fumo —ese vicio me parece el más estúpido y letal de los que he visto en mis dos siglos de existencia—, pero este truco nunca falla porque absolutamente todos los habitantes de la Ciudad de México fuman a partir de los ocho años. Tan pronto el porteño metió la mano en el bolsillo para sacar su encendedor, yo lo inmovilicé con destreza, y antes de que el pibe pudiese decir «¡Rajá, boludo!» o «¡La concha de la lora!», le clavé los colmillos en el cuello, con pericia y mucha hambre, ya que no había probado una gota de sangre desde la semana anterior. Una vez saciada mi sed, abandoné el cuerpo milonguero en la oscuridad, entre dos autos estacionados. Grande fue mi sorpresa cuando unas horas después, en la sala de un cine donde me había refugiado para tomar una siesta, comencé a sentir un deseo irresponsable de correr como cabra loca detrás de una pelota de futbol, un deporte que detesto. Hice un gran esfuerzo y logré controlarme, pero hacia el final de la película me vi atacado por el deseo imperioso de comerme un bife de chorizo con un huevo a caballo, bañado en chimichurri, un plato gaucho que evito porque posee un excesivo contenido proteico. Salí del cine y mi apetito me llevó, caminando y cantando a todo pecho primero una canción horrible de Mercedes Sosa y después la Marcha Peronista, por la solitaria avenida Ámsterdam rumbo a una parrilla argentina que conocía de vista. Al cabo de una hora me había comido media docena de grasosas empanadas salteñas, una tira de asado con papas fritas y chinchulines y un postre de crepas con dulce de leche que en ese momento me pareció exquisito y que bajo circunstancias normales hubiese descartado como una atrocidad gastronómica. Más tarde, al volver a casa, me tuve que dar un baño para quitarme el olor a fritanga del pelo, pero al salir de la regadera y pararme frente al espejo, no me pude despegar de él. Descubrí en su narcisa superficie a un varón tan apuesto que me resultó casi desconocido: un hombre de facciones perfectas, nobles e irresistibles, que denotaban una personalidad magnética y una inteligencia superior, y que solamente reconocí como propias varias horas después, cuando los efectos de esa sangre argentina comenzaron a desaparecer y me pude apartar de ese truculento estanque de azogue. Afortunadamente esto no me sucede todos los días, pero en mi soledad de enfermo hubiese querido contárselo a Max, que siempre tiene una palabra amable para todos aquellos que sufren algún mal del cuerpo o del espíritu.

Max tomó el dinero que le di cuidándome de que nadie me viera y, echándome una mano al hombro, me condujo de vuelta desde el baño hasta su mesa. Una vez allí, Juan Caca, el *dealer*, le entregó con discreción la mercancía. Max, sin discreción alguna, contó la plata sobre la mesa y se la entregó. Los ojos de las vampis se hicieron grandes y brillantes como si tuviesen cinco años y hubiesen visto al dinosaurio Barney. Max, sordo a mis recomendaciones, volvió a levantarse, esta vez seguido por sus dos musas, sacerdotisas, paleras, secretarias ejecutivas bilingües y asistentes perpetuas, y se dirigió al baño femenino donde los tres se encerraron un largo rato. En su ausencia yo me dediqué a observar a los integrantes del exclusivo grupo de intelectuales y artistas que acompañaban esa tarde al poeta: algunos eran becarios del gobierno; otros, autores de exquisitas colecciones de versos; unos más, periodistas respetables o artistas; todos ellos, verdaderos ejemplos a seguir para la desorientada juventud mexicana, no obstante su debilidad por la cocaína, los tacos a deshoras y el alcohol. Gracias a Max, yo tenía acceso a ese distinguido grupo de creadores y debo confesar que me sentía profundamente honrado de que algunos de ellos me considerasen su amigo. Por otra parte, me alegraba que mi elevada condición social no fuese un obstáculo para la amistad sincera.

Debo hacer una pausa para confesar que cada vez que me encuentro rodeado de artistas y poetas, mis convicciones monárquicas se relajan, posiblemente porque siento que un artista verdadero es un aristócrata de la inteligencia y la sensibilidad, alguien que debe gozar, como lo hace un noble, de privilegios especiales en cualquier lugar y bajo toda circunstancia. No me molesta que las vidas de estos chicos y chicas sean caóticas o que utilicen medios artificiales para encontrar inspiración. No me perturba que ninguno de ellos trabaje ni que cada vez que la cuenta llega a nuestra mesa finjan estar distraídos, con la mirada perdida en un rincón de la eternidad, tratando de recordar el título de un poema de José Asunción Silva, o que de pronto les venga una gana incontenible de ir al baño. Me tiene sin cuidado que se depriman, sean sexualmente promiscuos o que se suiciden con frecuencia. No me importa que hagan lo que tienen que hacer para soportar el peso enorme de su condena: la creación artística, que debe ser, pienso a veces, parecida a mi condena a la eternidad.

Imagínese usted, vivir con la enorme responsabilidad de escribir églogas, odas y poesías en un país que le dio al mundo los versos inmaculados de Amado Nervo y Octavio Paz. O la nada envidiable tarea de ser pintor en el país de Rufino Tamayo, retratista de sandías. O tener la osadía de escribir novelas bajo la sombra apabullante de genios como Carlos Fuentes y Elenita Poniatowska, tan admirados en todo el mundo. Aquellos que piensen que esta empresa es fácil se engañan. Yo he visto a estos muchachos sensibles desvelarse, tratando de entender su misión, para poder enfrentar su incierto destino. Los he visto drogarse y beber de manera excesiva hasta caer en el charco indigno de su propio vómito, porque el fardo de la vida los aplasta y el peso del arte los oprime. Para no olvidar estos pensamientos profundos saqué del bolsillo de mi saco mi libretita de apuntes marca Ideal y escribí: «Dolor de poeta = vómito».

Sara Rothstein, una chica que era locutora de un programa cultural en la estación oficial del gobierno, vino a sentarse a mi lado, pensando tal vez que yo me sentía solo. «¿Qué puede saber una chica tan simpática y locuaz sobre la soledad?», pensé. Sarita era nueva en el maxigrupo. Acababa de llegar de San Francisco, donde había estado viviendo en concubinato con uno de los artistas chicanos más maravillosos, según me dijo, que los americanos jamás hubieran visto en sus teatros o en sus universidades, el Superwetback. Sus *performances* sobre los pobres mojados o ilegales, como les dicen esos gringos tan prejuiciosos y racistas a los mexicanos indocumentados, venían conmocionando a miembros distinguidos de la academia yanqui y sacudiendo la conciencia del espectador californiano. Sara, por derecho propio y más allá de su relación sentimental con el Superwetback, era a su vez una gran artista performera que, como su amante, pasaría a la historia de la contracultura como una gran revolucionaria.

—Quería conocerte porque he oído hablar mucho de ti —dijo, mientras me pegaba al brazo izquierdo uno de sus tiernos pechos. No me sorprendió su declaración: mi fama y mi reputación trascienden fronteras a pesar de que insisto en conducir una vida discreta y monacal—. Eres mexicano, ¿verdad? —preguntó con inocencia.

«Cáspita», pensé, «la misma pregunta de siempre». No sé por qué los mexicanos siempre insisten en saber de dónde es uno cuando su presencia no ofrece el conciliador aspecto del señor clasemediero marca Liverpool de la colonia del Valle. He observado con interés que para muchos de mis compatriotas es mil veces mejor ser extranjero que mexicano. La gente de mi país dice cosas como: «Qué suerte que fulanita se casó con mister McCoy y no con un indio macuarro de Tlalnepantla. Los americanos son muy buenos maridos», o «Qué bueno que zutanita tiene un novio sueco, así sus hijos no saldrán tan prietos ni tendrán cara de totonaca como ella». No hay nada que haga más feliz a una madre mexicana que desposar a su hija con un alemán o un noruego y estar sentada a la misma mesa, departiendo alegremente con su yerno güero: esa felicidad nunca sería la misma si el hipotético yerno fuese somalí o boliviano. Y era éste precisamente el tipo de sonrisa feliz que me regalaba Sarita Rothstein, quien, a juzgar por su apellido y sus facciones askenazis, no era nativa azteca como otros miembros de la mesa. Con delicadeza para no ofenderla, cambié el curso de la conversación después de explicarle que había nacido en el antiguo barrio de Tacuba y me había criado en una vieja hacienda en Azcapotzalco, en la casa de mi abuelo. No le dije que nací con la patria, el 15 de septiembre de 1810, porque simple y sencillamente no se lo podía decir, pero sí le pregunté por sus tatuajes.

—Me los hice en San Francisco —respondió al tiempo que se alzaba la blusa para mostrarme la imagen que tenía tatuada en la espalda: una diosa azteca con cara de Frida—. ¿Éste? Me lo hice para uno de mis *performances* en una galería de Frisco. Fue *supercool*, no sabes —continuó con entusiasmo. Le pedí detalles—. Bueno —dijo—, ya sabes que allá hay mucha libertad sexual, ¿no? No como aquí, que estamos todavía en el rancho grande. Por eso presenté una mezcla de ondas sadomasoquistas, ¿no?, que representaban la opresión de la mujer mestiza en el imperio norteamericano. Porque las mujeres de color siempre hemos sido objetos coloniales, ¿no?

Cuando Sarita dijo «mujeres de color», me imaginé que hablaba de algo comunista y no del color de su piel o de su pelo, pero no me atreví a interrumpirla con una alusión a su cabello rubio.

—Primero —continuó—, me induje la regla con unos medicamentos un par de días antes del *show*, para poder cubrirme el cuerpo con mi sangre menstrual la noche del *performance*, ¿no?, mientras recitaba desnuda un popurrí de poemas de sor Juana y textos de Hélène Cixous, acompañado con canciones de Chavela Vargas. Luego me masturbé con un crucifijo de plástico y repartí hostias de cajeta de Celaya entre el público mientras un cuate, otro artista muy famoso en San Francisco que se había vestido de agente de la *border patrol*, ¿no?, pero con una capucha del Ku Klux Klan, me daba de latigazos con una bandera gringa y me decía: «¡Mojada, puta, mojada, puta!». No sabes, fue todo un éxito, es más: creo que City Lights va a publicar un libro con fotos del *performance* y un texto de mi examante, el Superwetback.

«¡Guau!», pensé, y dije:

—¡Guau!

Sobra decir que me encantó la descripción del espectáculo. Me dio gusto saber que una chica tan militante se preocupase tanto por sus hermanas mexicanas, esas pobres mujeres indígenas que trabajan de sirvientas y niñeras de los gringos por tan poco dinero. Me disponía a preguntarle cuántas de estas mujeres de color habían comprado una entrada para su *performance* cuando volvió Max. La visión de sus pupilas dilatadas me alarmó a tal grado que decidí que lo más prudente era retirarme, porque después de esos potentes pericazos, el furor báquico de mi amigo y sus vampis no cejaría hasta el día siguiente. Era hora de volver a Coyoacán. La forma en que mis interlocutores me esquivaban el rostro mientras les hablaba me indicó que ya era hora de hacer mis gárgaras de agua de colonia. Además, debía revisar mi correo electrónico para enfrentar una vez más la impaciencia y el sarcasmo implacable de mi amada inmortal, Isabel Tallulah, condesa de New York City.

ISABEL

Mi prima siniestra, Isabel Tallulah Rockefeller de Lautreamort, condesa de Valentino y Movado —considere usted el nombre aristocrático, los apellidos imperiales y comience a sacar sus propias conclusiones—, es descendiente de una línea familiar cercana tan antigua y distinguida como la mía. Hace ciento cincuenta años, cuando ella vino al mundo, me fue prometida en matrimonio gracias a un arreglo formal entre nuestros padres. Antes de hablar de los detalles complicados de este compromiso debo ofrecer un retrato aunque sea superficial de mi novia eterna.

Isabel es alta, esbelta y distinguida como las mujeres lánguidas que Miguel Covarrubias dibujaba en los años treinta para ilustrar las portadas de *Vanity Fair* y del *New Yorker*. Isabel, nativa acérrima de Ciudad Gótica —«Gotham», para ella—, afirma con apasionada frecuencia que solamente en Manhattan, una ciudad espléndida cuyo único defecto, creo yo, es estar en los Estados Unidos, se puede vivir en contacto con la civilización occidental tal y como ésta debe ser en el siglo XXI. Europa, afirma Isabel con un desdén que es a su vez nostálgico y errado, es un continente que ya no es lo fue hace cien o ciento cincuenta años. Tallulah olvida que hace siglo y medio, mientras ella nacía en Nueva York, hordas de mortales salvajes nos buscaban en el viejo mundo para clavarnos estacas en el pecho y luego decapitarnos.

Además de ser autoritaria, caprichosa e intolerante, o debido a ello, Isabel es inmensamente rica. Su vida es un ir y venir constante por las *boutiques* más caras de Park Avenue y Tribeca, asistir a cocteles en galerías de arte, a la ópera en el Met, a museos y clubes de jazz de reputación dudosa en compañía de bohemios y diletantes aún más dudosos. Mi prometida es una malcriada y no hay poder humano o del más allá que la convenza de mudar su residencia para poder casarnos en la tierra de mis ancestros.

La última vez que estuvimos juntos fue aquí, en México, cuando Isabel accedió a asistir a nuestra reunión anual con los abogados de la familia, misma que yo logré manipular para que tuviese lugar en mi ciudad y no en la suya. Nuestros abogados son engendros satánicos mortales de una categoría muy inferior a la nuestra, tan inferior que, en privado, Isabel se refiere a ellos como los tampones porque se contentan con un poco de sangre y son discretos, eficientes y desechables. Durante generaciones, estos seres malignos han sido vasallos leales de nuestras familias aunque carecen de la longevidad, la inteligencia y la fuerza que caracteriza a los inmortales verdaderos. Sin embargo, su ayuda siempre ha sido reconocida y recompensada con generosidad, pues gracias a sus ingeniosas y perversas maniobras gozamos de gran influencia en los gobiernos y corporaciones del mundo occidental.

Los abogados cuidan los intereses de los inmortales más importantes en las corporaciones multinacionales donde Tallulah y yo, como inversionistas responsables, tenemos invertido gran parte de nuestro capital. Todas las operaciones financieras, legales e ilegales, que aseguran nuestra existencia despreocupada son supervisadas por ellos. A través de ellos, manipulamos posiciones clave en los más altos niveles burocráticos de muchos países y nuestros intereses son virtualmente intocables en cualquier rincón del planeta. Muchos de los senadores republicanos del congreso norteamericano, los actuales presidentes de Irán, Argentina, Corea del Norte, Cuba y Venezuela, dos o tres dictadores de varias regiones del planeta, todos los dirigentes peronistas, la mayoría de los capos de los cárteles de drogas en Colombia y México, intelectuales notables, docenas de editores y agentes literarios, comentaristas de Televisa, FOX y CNN e incluso actores y cantantes de rap y rock son demonios menores como ellos que están acomodados en lugares clave gracias a la influencia de estos leguleyos y de nuestro Gran Capital. Por esta razón, Isabel no se pudo dar el lujo de ignorar esa reunión y tuvo que subirse a su avión privado para asistir y de paso verme.

Su estadía en México fue desastrosa. Yo hubiese querido que no la pasase tan mal porque guardaba la ilusión de que se quedase conmigo para finalmente casarnos y vivir juntos hasta el fin de los tiempos. Pero Isabel, que solamente piensa en ella, sostiene con firmeza que su negativa constante no es producto de su egoísmo. Afirma que actúa así —de manera voluntariosa, majadera, etcétera— porque simplemente quiere ser «FELIZ». «Por Belcebú», me digo. Que yo sepa, en nuestros largos siglos de historia ningún otro inmortal ha aspirado a absurdo semejante. La felicidad, estoy convencido, es una mediocre aspiración estrictamente humana. Es, según la entiendo yo, una meta irracional, sentimental, vaga e inalcanzable. En mi afán de entenderla me he preguntado con desasosiego: ¿qué cosa misteriosa es? ¿De qué está hecha? ¿Para qué sirve? La felicidad, me he respondido, debe de ser la zanahoria abstracta de los burros humanos. O el premio vespertino en la caja de la inocencia del cereal matutino. Esa abstracción cursi debe de ser la ilusión a crédito a la que los gringos como ella creen tener derecho. Y como creo esto, no entiendo cómo una vampiresa tan inteligente pueda querer la misma cosa ilógica e idiota que quieren todos los mortales. Sin embargo, Tallulah no es idiota sino pragmática, por ende su felicidad está hecha de cosas tangibles. Isabel Tallulah es feliz ordenando el sacrificio de doncellas centroamericanas indocumentadas cuya sangre usa para darse largos baños en su tina de marfil africano. Es feliz comprando diseños exclusivos de Valentino y Vera Wang. Es feliz cenando en compañía de Jack Nicholson. Es feliz leyendo a Edgar Allan Poe y J. K. Rowling. Es muy feliz cuando sueña con tener una hija que sea idéntica a ella, a quien bautizaría con el bello nombre de Violeta Sangrienta. Es feliz jugueteando con su pantera y sus lobeznos encerrada en su *penthouse* de Park Avenue o comiendo niños güeros, secuestrados en los suburbios de Connecticut y New Jersey, que su viejo chef Olaf le prepara con delicadeza y cariño. La felicidad de Isabel es muy importante para Isabel. Yo he pensado mucho en esto y, haciendo un esfuerzo enorme para comprenderla, he buscado el consejo de filósofos y sabios para entender de qué realidad ostentosa o vago concepto metafísico podría estar hecha la felicidad de Isabel. Su obstinación me confunde porque los inmortales estamos resignados a la amargura que trae consigo la soledad intelectual, a la centenaria melancolía inmortal, a cosas tan nimias e ineludibles como nuestro mal aliento. Pero mi novia reticente, condesa de Rolex y Girard Perregaux, no es así. Para ella la felicidad es algo que si no se tiene, se compra.

Mi querido amigo, el filósofo Emil Cioran, que abandonó Rumania muy infeliz con la pequeñez intelectual de aquel país para irse a Francia y se despojó hasta de su idioma materno para escribir en la lengua de Montaigne, fue uno de los pocos mortales que lograron entender el complicado intelecto de Tallulah, a quien quería y admiraba por su actitud de desprecio total hacia los dramas del mundo humano. Según él, las almas ególatras como la de ella son incomprendidas e incluso odiadas por los fundamentalistas de la normalidad, que carecen de la fortaleza espiritual necesaria para poner en práctica el feroz narcisismo que deben poseer los humanos intelectualmente superiores. Pero ni este pensador fatalista pudo explicarme de manera satisfactoria esa forma de ser que hace de la neoyorquina oscura la *femme fatale* covarrubiana más difícil de complacer en el mundo de la noche.

No todo es tan negro: guardo de ella recuerdos que me conmueven. Isabel vestida de seda blanca y transparente, loca o ebria, dando brincos como chapulín marihuano con Isadora Duncan en el mirador del Empire State Building a las tres de la mañana. Isabel Tallulah bailando con Charlie Chaplin en el Savoy —foxtrot en los veinte y *swing* en los treinta— hasta el amanecer. Isabel viendo torear a Manolete en Sevilla, radiante bajo el sol prohibido, llenándose los pulmones con el olor de la sangre ritual de los toros bravos y el humo dulce de los habanos. Isabel bebiendo frígidos martinis en el Plaza con Francis Scott Fitzgerald. Isabel sentada en un bar oscuro y diminuto de Montmartre fumando Gauloises y oyendo a Charlie Parker con los ojos cerrados. Isabel con Dorothy Parker burlándose de los nuevos ricos de Manhattan. Isabel en Cayo Hueso yendo a visitar a Hemingway en un auto conducido a gran velocidad por Porfirio Rubirosa, a quien ella, por supuesto, llamaba Rubi. Ah, siniestra, gótica, malvada Isabel. Cruel fémina que pasa de la alegría a la impaciencia, de la ira al llanto y luego a la alegría y me dice con su voz rasposa de Marlene Dietrich: «Tenebroso, tienes que aprender a sonreír, a disfrutar la vida. Tenebroso, eres un inepto para entender las modalidades posmodernas del amor. Tenebroso, tienes un corazón atípico y utópico. Tenebroso, ya no me hables más de matrimonio y vete a hacer unas gárgaras con esa infecta agua de colonia mexicana que te huele la boca a sobaco de cura». Ah, Tallulah mía, que alza su copa de champán y me increpa: «Príncipe azteca, eres retrógrado, rústico y rupestre como poeta de pueblo, eres un monje medieval que vive entre salvajes en la Sodoma y Gomorra de América: si no cambias te vas a convertir en un viejo inmortal cursi y fastidioso». Isabel, que llegó hasta mi ciudad a ofenderse porque el cantinero del Camino Real de Chapultepec no le preparó un martini perfecto, que vino hasta mi casa a criticarme sin piedad la ropa, el criado flatulento, el anticuado corte de pelo, el discurso amoroso y la existencia entera. Isabel Tallulah quejándose, quejándose, quejándose.

En México, como era de esperarse, Isabel se enfermó del estómago. Una noche salimos con mis amigos y gracias a una terrible ocurrencia de Maximiliano Zapata —nombre legal del gran poeta que denota la absoluta falta de conciencia histórica de sus padres y que de alguna manera comienza a explicar sus grandes contradicciones metafísicas—, hicimos un recorrido por algunas de las cantinas más antiguas y tradicionales del centro. Max estaba encantado con Isabel, quien, por su parte, cayó rendida ante el predecible maxihechizo. Pero este afecto mutuo estuvo a punto de estropearse al final de la jornada suicida. En un recorrido brutal por varias cantinas, Isabel consumió cantidades obscenas de tequila y sangrita mezcladas con limón y salsa Valentina. Éste era un invento grosero de Max llamado *Mexican Vampire*, así, en la lengua bárbara del norte, que en México es más socorrida y popular que nuestro propio náhuatl. A mi Tallulah le hizo gracia el nombre y se dejó engañar por el sabor dulce y picante de la poción sin darse cuenta de que estaba ingiriendo veneno puro. Esa noche mi amigo, en un alarde de típica imprudencia mexicana, nos paseó por algunos de los lugares más infames y siniestros de la ciudad. Recorrimos pulquerías que eran baños públicos con servicio de jícaras de tlachicotón, cantinuchas donde había que ser policía judicial o travesti para sentirse parte de la sórdida escena, congales donde las prostitutas medían un metro y medio de alto por un metro de ancho, antros infames donde tocaban una música digna de rituales haitianos de vudú. El *tour* de Max consistió en convertir nuestra velada en una experiencia del México nocturno como alucinación fellinesca y jodorowskyana con toques de Juan Orol. Todo esto mi prometida lo disfrutó enorme e irresponsablemente. Alrededor de las cinco de la mañana, una hora de gran regocijo para un inmortal normal porque ése es el momento en que uno se retira a la paz de su sepulcro o a la privacidad de su ataúd, el estómago de Isabel comenzó a reaccionar con violencia después del consumo excesivo de ardientes tacos de carnitas, birria enchilada, consomé de barbacoa, tostadas de pata, chamorros y, por supuesto, los *Mexican Vampires* que, con gran imprudencia e instigada por Max, había ingerido a lo largo de la noche. El gran error, sin embargo, fue la orden de tostadas de camarón al mojo de ajo que se zampó en un momento de locura inédita, que no se había visto en nuestra familia en tantos siglos de noble historia.

Pasada la crisis de la cruda, que la mantuvo en estado de reposo durante casi una semana, llegó el momento de enfrentar nuestros planes para el futuro. Isabel se negó de manera rotunda y categórica a quedarse en México a pesar de que ambos estábamos conscientes de que eventualmente alguno de los dos tendría que ceder y cambiar de domicilio.

—Pero, Isabel, el futuro de nuestra estirpe está en juego y nuestra boda fue pactada por nuestros honorables antepasados hace ya chorrocientos años —insistí—. ¿Hasta cuándo...?

—*Oh, yeah?* —me interrumpió talulescamente Tallulah—. *Whatever*.

El matrimonio entre inmortales no es un asunto tan frívolo como con frecuencia lo es para los mortales, quienes se casan por razones tan tontas como alegar que están enamorados. Es sabido que el amor humano es el producto prosaico de una reacción química, hormonal y emocional que no tiene nada que ver con el buen juicio de las personas involucradas en esa burda operación alquímica entre los cuerpos. Esta imposición de las necesidades físicas y los impulsos sexuales sobre la razón explica no únicamente la proliferación del divorcio y la infidelidad mutua, sino la desdicha generalizada de los cónyuges, condenados, en teoría, a aguantarse las jetas largas hasta que la muerte los separe. También explica la depresión suicida de las esposas, el alcoholismo y el sobrepeso de los esposos, la inevitable crianza traumática de sus vástagos y el odio recalcitrante hacia los cuñados y las suegras. El contrato infame es responsable de la violencia doméstica, las tortillas frías a la hora de la comida, la drogadicción de los adolescentes y la actitud general de resentimiento hacia la vida que uno puede comprobar con un simple recorrido por Plaza Satélite o Plaza Perisur. Esos lugares de comercio donde pululan las parejas con sus crías nos proporcionan una oportunidad excelente para examinar de manera científica este fenómeno aberrante perpetrado en complicidad con el gobierno y la Iglesia, instituciones que fomentan la opresión y el exterminio de la verdadera dicha humana. En cambio, para los inmortales el matrimonio es algo que consideramos con seriedad durante décadas. Quedamos tan pocos en el mundo que elegir una pareja no es empresa fácil ni cuestión ligera.

Yo sabía que Isabel había estado viéndose en Nueva York, desde hacía muchos años y con una frecuencia que yo consideraba impropia, con un gringo inmortal, primo suyo en segundo grado. Este fulano era descendiente de una añeja familia italiana de la que algunos miembros habían llegado a nuestro continente a finales del siglo XIX, procedentes de Roma, huyendo de una persecución decretada en secreto por un Papa. Hace poco más de un siglo, el sumo pontífice en turno estaba tratando de realizar un gran negocio que consolidaría bajo el control del Vaticano el capital de dos de los bancos más importantes de Italia y Suiza. El prelado necesitaba librarse de la competencia, y la familia Pitone, dueña entre muchas otras cosas de un consorcio bancario importante en aquellos países, era un estorbo. El nombre de este primo incómodo era Francesco Domenico Pitone y era un virtuoso del *cello*, experto bailarín de tango, tenor respetable, jugador empedernido y miembro distinguido de la mejor y más discreta sociedad neoyorkina, aquélla que solamente en ocasiones especiales aparece fotografiada por Bill Cunningham en las páginas de sociales del *New York Times*.

Isabel no estaba enamorada de Francesco, pero sí «deslumbrada», podríamos decir, por su gracia social, su conversación frívola y su apostura. Se habían conocido en la infame década de los sesenta, cuando todas aquellas cosas que les daban un marco de dignidad a nuestras vidas comenzaron a desmoronarse como resultado de las aberraciones propias de la época: los malolientes jipis, el horrible ruido del rock, el movimiento de los absurdos derechos civiles, la repugnante liberación sexual y, sobre todo, el feminismo, que convirtió a las hasta entonces bellas y elegantes mujeres del primer mundo en seres espeluznantes de sobacos peludos, bigotes y piernas boscosas. A partir de ese momento las mujeres se dedicaron a castrar emocionalmente a los hombres con sus demandas irracionales. Muchos llegamos a temer que la época dorada del buen gusto y los valores tradicionales que gozamos durante siglos llegaría a su fin con la llegada de esos muchachos degenerados que se drogaban con sustancias tóxicas que los convertían en un riesgo para aquellos que dependemos de la sangre pura y saludable. Pero logramos sobrevivir y aquí estamos, portadores de la dignidad y la fuerza de nuestra estirpe.

El hecho es que ella y Pancho Pitone —como yo le decía a Francesco para irritar a Isabel— se hicieron amigos íntimos y yo tuve que asumir la indigna tarea de vigilar que esa intimidad no pasara de los límites decentes y aceptables de la amistad. No fue fácil: Pancho era un seductor de pacotilla que tenía, además de su encanto natural, una relación muy estrecha con gente famosa como Sinatra, los Kennedy y muchos capos de la mafia neoyorkina. Con Pancho, Isabel tuvo su ración de Dom Perignon, *swing* y *blackjack* en antros pecaminosos de Las Vegas en los años sesenta y en Atlantic City durante los setenta, ciudades perversas del vicio en donde ambos gastaban ridículas cantidades de dinero. Debo aclarar ahora mismo que nunca sentí celos de él. Por lo general los inmortales no somos celosos, ya que este sentimiento es evidencia de inferioridad intelectual. Aquellos que lo son con sus amantes o esposas demuestran que no toleran la idea de que en el mundo existen seres más atractivos, más interesantes y más inteligentes que ellos. O sufren porque en el fondo saben que jamás serán tan atractivos, ni tan interesantes, ni tan inteligentes como quisieran serlo y temen que su pareja encuentre a otra persona cuya conversación y gracia verbal despierten su interés intelectual y por ende sexual, pues ya se sabe que a los genitales se llega por la lengua. Pero esto siempre va a suceder, es una ley de la vida. El primer atributo que toda persona íntegra debe poseer es aceptar sin remilgos ni mayores cuestionamientos el hecho innegable de que siempre habrá otra persona más sofisticada y atractiva que ella. Si uno ha tenido la suerte de tener en su vida una amante inteligente o un mozo educado y bien parecido, tiene que estar dispuesto a aceptar que si esta persona se ha enamorado de nuestras cualidades es más que probable que se pueda enamorar de las de otro. La idea de que el amor es exclusivo es una insensatez promovida por machos posesivos y hembras inseguras, todos ellos víctimas voluntarias de un romanticismo vulgar y telenovelero. Las almas superiores saben que el amor y el deseo auténticos no conocen la cárcel de una institución como el matrimonio, ni los límites de una pasión exclusiva. El amor se ahoga en cautiverio, el deseo muere aprisionado en un solo cuerpo.

Pareciera contradictorio que alguien tan conservador como yo piense de esta manera, pero la certidumbre intelectual debe imponerse a la sospecha emocional a toda costa. Ser tradicionalista no significa ser débil mental. Sin embargo, la mera existencia del seductor profesional Francesco Domenico Pitone, narciso italiano, me irritaba. Isabel no era una mujer fácil, pero sí era una esnob, y una esnob radical siempre corre el riesgo de acabar comportándose como una meretriz.

A Isabel le divertían las largas noches de parranda en Nueva York y en los casinos del mundo con Pancho, quien sin duda tenía que ser un excelente compañero de aventuras nocturnas. A mí me enojaba la certeza de saber que en tanto yo me refugiaba en el santuario de mi biblioteca a estudiar a Marco Aurelio y a san Agustín, ella se mataba bailando en los antros del mundo como si fuese una rumbera cubana y no la noble inmortal que portaba la sangre de nuestros antepasados, bebiendo martinis interminables, zangoloteando las caderas al ritmo salvaje de música afroantillana, rodeada de gente que yo imaginaba vulgar y poco educada.

Por éstas y otras razones, yo temía el regreso inminente de mi prometida a su ciudad natal.

—Isabel —recuerdo que exploté finalmente—, yo soy el último inmortal mexicano. Después de mí no hay nadie en esta tierra que pueda heredar mi sangre, mi linaje y mi fortuna —continué.

«Tenemos una responsabilidad que..., etcétera. De nuestra unión depende el..., etcétera. Está escrito que..., etcétera.» Tallulah me miraba desde el fondo inmarcesible de su hastío con el relámpago violeta de su impaciencia ocular. Aún no se había repuesto de las largas noches de parranda. Estaba obsesionada con las ojeras recientes que ofendían sus ojos y con el vago aroma a ajo y camarón que su cuerpo aún despedía y que le producía nauseas, a pesar de los litros de Chanel que se había echado encima.

—Ay, Tenebroso, amor mío —respondió finalmente—. ¿Cómo te puedo explicar sin lastimar tus sentimientos lo importante que es para mí satisfacer mis necesidades sexuales?

Y éste fue el punto final de aquella conversación, porque Isabel finalmente había hecho alusión a mi problema innombrable. Unos días después, la condesa cruel emprendió el regreso a su ciudad y yo me quedé en la mía, considerando la posibilidad de una soltería digna. «Tal vez tendría que convertirme al catolicismo, ingresar a un monasterio y hacerme santo», me dije la noche de su partida, antes de cerrar la tapa de mi féretro para intentar dormir y olvidar mis problemas por unas cuantas horas.

CARLA

Ahora que lo pienso, jamás me había atrevido a discutir cosas tan personales e íntimas en público, menos aquéllas que tienen que ver con mi vida sexual, pero debo aclarar este enojoso punto. Es un hecho científico que a los inmortales no nos hace efecto el Viagra. Este medicamento milagroso, que ha resucitado las esperanzas sentimentales de los hombres maduros del mundo, estimula el flujo de sangre hacia las partes íntimas del varón mortal, devolviéndole la confianza que necesita para ser justamente eso, un hombre y no una sombra de lo que fue. Pero los inmortales tenemos un sistema circulatorio que es muy distinto al del mortal y ésta es una de nuestras muchas desgracias. Antes de que la droga milagrosa fuese inventada, la llegada de la muerte sexual no nos molestaba. Siempre tuvimos nuestros libros o alguna otra distracción que alejara nuestros pensamientos del deseo erótico, pero los problemas surgen cuando aparece un remedio. Un problema siempre nace con su solución.

Aquella noche la simple alusión a aquel delicado tema fue suficiente para que yo diese por terminada la conversación con Tallulah. Ella no sabía entonces que mi problema nunca ha sido físico, sino meramente psicológico. «Lo que pasa», concluí horas después en la soledad de mi biblioteca, «es que Tallulah nunca me encontró ni tan atractivo, ni tan romántico, ni tan simpático como ella hubiese querido que yo fuese». En otras palabras, me quería, pero no estaba enamorada de mí. Esa conciencia de su falta de amor me inhibía, impedía que en el momento decisivo del *rendez vous* amoroso, yo..., etcétera. Si ella hubiese sabido que tan sólo una semana antes de que llegara a México su prometido azteca había tenido un encuentro apasionado con Carla Madrazo, la Chiquitibum, producto de un instante de debilidad erótica, se hubiese tragado su insultante insinuación. Yo no tenía ningún deseo de recordar aquel frívolo episodio carnal, pero ¿cómo evitar ahora esta reminiscencia de mi ligereza irresponsable?

Estábamos en la cantina favorita de Juramento Casto, en la colonia Roma, un lugar detestable que sirve fritangas yucatecas grasosas y es frecuentado por una horda de poetas y periodistas frilanceros de revistas y suplementos culturales que nadie lee y cuya ebriedad nadie podría calificar de lírica. Después de muchas horas de chacoteo intelectual, la cuenta ascendía a una cantidad escandalosa de pesos. Yo no tenía inconveniente alguno en hacerme cargo de los gastos de Max y los míos, a eso y a más estaba acostumbrado, pero aquella noche el espíritu de rebeldía que me caracteriza hizo que me negase a pagar la cuenta de las musas vampis. Resignada, Carmen sacó de su bolsa Ferragamo una tarjeta de crédito de las muchas que su «papi» le había dado. Carla, en cambio, alegó que había dejado las suyas escondidas en su coche. Consciente de que mentía pero dispuesto a exponerla como embustera, me ofrecí a acompañarla hasta su auto a buscarlas. «Tenebroso Acosta de la Cruz», me dije, «éste es el momento de darle una lección a esta rubia oxigenada, que pague lo que se chupó y engulló». Salimos, pues, del bar y una vez en la calle me di cuenta de que la luna llena del valle de México me daba una orden que mi instinto no podía desatender. Un ímpetu salvaje se apoderó de mí y al llegar al coche me arrojé sobre ella con la intención de beberme aunque fuese un traguito de esa sangre saturada de vodkas tonic con limón. Para mi sorpresa, Carla, al sentir mis labios en su cuello, respondió con un ardor que yo estaba muy lejos de sospechar en ella. Me devolvió la mordida con el mismo arrebato con que yo había depositado la mía en su cuello y muy pronto estábamos enfrascados en una lucha cuerpo a cuerpo que me excitó de tal manera que una protuberancia indiscreta se manifestó bajo el fino casimir inglés de mi pantalón. Carla, al darse cuenta de esta penosa circunstancia, ni tarda ni perezosa me bajó el cierre del pantalón con un movimiento experto y cometió un acto erótico innombrable.

Todo fue culpa del alcohol y de la luna, por supuesto, pero a partir de esa noche la vampi comenzó a tratarme con la melosidad de una gata persa y yo comencé a pagar sus cuentas sin ningún problema. Unos días después, la naturaleza ardiente de su temperamento me fue confirmada cuando la conversación en la cantina giró en torno a la cultura subterránea de los deseos oscuros y prohibidos. Ella, con gran conocimiento de lo que estaba hablando, nos dio una verdadera conferencia de las muchas y variadas técnicas con que los miembros de esa cofradía clandestina encuentran placer. «Por esta razón», deduje, «debe de ser que aquella noche Carla me pedía que la mordiera con fuerza y le azotase el trasero». He referido esta anécdota para demostrar que mi problema se hace manifiesto únicamente en presencia de Isabel Tallulah y, por cualquier rastro de procacidad que pudiese contener, extiendo una sincera disculpa al improbable lector de esta fábula urbana.

Sumido en la tristeza profunda que me dejó la partida de Isabel, llegué a la conclusión de que tendría que darle tiempo: tiempo para enamorarse de mí y acceder al matrimonio, y tiempo para mudarse a mi ciudad. Ésta es una de las ventajas que tenemos los inmortales: disponemos de casi todo el tiempo del mundo. Pero a los pocos días me asaltó una duda: ¿y si mi problema secreto fuese provocado por el síndrome maligno, el SAPHO, aquel trastorno psicohemoglóbico que hacía que adquiriese las características físicas de mi víctima? ¿Acaso en mi inocencia le había chupado la sangre a un hombre que padecía ese tipo de afección? ¿Era que al argentino no le funcionaba el choripán? ¿Corría el riesgo de convertirme en uno de esos varones de mirada esquiva?

¿Cómo terminaría este drama tropical psicosexual? Decidí que en algún momento tendría que consultarle esta inquietud al mismísimo descubridor del virus, un noble tío gachupín de Tallulah que es el más sabio entre los nuestros.

EL ARTE DE LA COLA

Al día siguiente bajé al infierno. Todo porque a mi mayordomo toluquense se le olvidó pagar el impuesto predial y recibí una carta con amenazas fiscales desproporcionadas, firmada por un funcionario menor del gobierno de la ciudad. Para evitar que el problema administrativo se convirtiese en tragedia ontológica tuve que levantarme al mediodía y, después de arreglarme y tomar un cocido de tila endulzado con piloncillo para el coraje, me dirigí resignado a las oficinas de la delegación.

Primero aguardé formado en una fila por espacio de una hora para obtener una ficha con un número y la vaga promesa de que en algún momento del día algún empleado me atendería. Después tuve que hacer otra cola para ser atendido por el susodicho empleado. «No hay paciencia como la del pueblo mexicano», me dije al observar al centenar de personas que tenía delante de mí. «Este pueblo mío tiene siglos haciendo cola. No únicamente ocupa uno de los últimos lugares del mundo en la fila del progreso, sino que cada aspiración legítima, cada sueño, ocupa el último lugar en la fila de los favores que Dios concede a los humanos. ¿Quién habrá inventado la cola? ¿La trajeron los españoles o ya existía en el imperio azteca? ¿Habría cola a la hora sagrada de los sacrificios? ¿Habría cola para arrancarles a los esclavos y a los prisioneros el corazón? Cuántas generaciones de mexicanos formados con los ojos vacíos de esperanza haciendo cola...»

Perturbado, imaginé una ficción digna de Arreola: hay una nación cuyo pueblo está haciendo cola. No es claro por qué razón los ciudadanos de ese país están formados, pero esa fila india es un elemento definitorio e incuestionable de la vida de Colatitlán. Desde una muy temprana infancia, los padres instruyen a sus críos en el arte de la cola. «Nunca, pero nunca, nunca, te vayas a salir de la cola, mi amor», dice la madre al hijo mientras le abrocha un botón de la camisa y le arregla el pelo rejego con gomina y un peine Pirámide; «si te sales y pierdes tu lugar vas a tener que irte hasta el final». «Hacer la cola», dice el padre mirando a su retoño con la ceja arqueada mientras se anuda la corbata Pierre Cardin comprada en Sears, «requiere paciencia y disciplina; para llegar a ser un hombre cabal hay que entender el significado de la cola».

Para los habitantes de esta paciente nación no hay nada más importante que formarse y no perder su sitio en la fila nacional. Perderlo significaría la ignominia, el deshonor y la ruina. En el mundo hay catástrofes terribles que anuncian el Apocalipsis: estalla la tercera guerra mundial después de que un dictador musulmán le agarra el culo a la princesa de Gales, un terremoto impensable destruye Manhattan, huracanes furiosos devastan Pachuca, Al Qaeda comete actos terroristas en Cuautitlán, la selección de Estados Unidos gana el mundial de futbol, meten a la cárcel a Carlos Salinas, encuentran vivo en Tijuana a Pedro Infante, una lluvia de meteoros se estrella contra el planeta, y mientras el universo se desmorona los ciudadanos ejemplares de nuestro país ficticio no dejan que nada ni nadie los distraiga: saben que nada debe alterar el orden de la cola. Una epidemia llega al territorio patrio y amenaza con aniquilar la población entera. El mal es tan contagioso que puede transmitirse hasta con la mirada. Pero el noble significado de la cola, cuyo simbolismo es magna metáfora nacional, hace que los aguerridos colatitlaneses literalmente cierren filas, hagan uso de su fuerza de espíritu y no cedan ante ninguna amenaza. Aquellos que resisten con más gallardía son celebrados en documentales épicos y especiales televisivos. Los noticieros nocturnos reportan el heroísmo y el coraje de quienes conservaron su lugar en la cola ante tanta adversidad. Un poeta melancólico escribe una oda que titula «La cola suave de la suave patria». La generación siguiente cambia el nombre de las calles para honrar a sus bravos ancestros. «Hacer la cola, colatitlenses y colatitlensas, es el primer y último deber de todo ciudadano y ciudadana que se respete a sí mismo o misma», dice el presidente, y lo mismo repiten los candidatos y las candidatas al congreso y a las presidencias municipales de esa nación irreal, que a medida que la ficción tomó forma en mi indignada mente, comenzó a parecerse mucho a la nuestra.

La literatura fantástica, sin embargo, no me sirvió de mucho porque, como todo mundo sabe, la literatura, fantástica o no, no sirve para nada. Después de una hora perdí la paciencia. Me di cuenta de que mi incapacidad de formarme sin protestar me impediría ser un héroe digno de mi propio cuento. Luego de solicitarle con toda la gentileza imaginable que me guardase el lugar en la cola a la distinguida señora que estaba detrás de mí, quien accedió con la solidaridad generosa que nos caracteriza a los mexicanos, me dirigí hasta el principio de ésta para averiguar por qué misteriosa razón había tanta demora en nuestro avance. Apenas me había acercado a la ventanilla, donde una guapa señorita morena con el pelo teñido de rubio platinado se comía una torta de milanesa con aguacate, crema y chiles jalapeños mientras discutía en su teléfono celular un asunto sin duda no oficial, cuando una voz impertinente surgió de entre los miembros de esa hilera humana, antes formada de hermanos y hermanas en desdicha y ahora enemiga vulgar:

—Óoorale, güey, ¡que no se te meta ese pinche catrín!

— ¡A la cola, puuuto!

Ignoré la impertinente demanda popular y con voz gentil pero enérgica, le pregunté a la empleada si me sería posible realizar el enfadoso trámite a través de un representante, puesto que yo tenía otros asuntos de importancia que reclamaban mi atención.

—No, mi rey —respondió con familiaridad inapropiada y tuteo irrespetuoso—, si tú eres el interesado, tú eres el que tiene que venir a efectuar el pago.

Para entonces el clamor se había tornado ruidoso. Insultos, mentadas de madre, silbidos y hasta una cáscara de plátano dominico me habían sido arrojados en los escasos treinta segundos que duró el intercambio con la funcionaria menor.

Cuando finalmente dejé la ventanilla y volví a recuperar mi sitio en la cola, la mujer que había accedido graciosamente a cuidar mi lugar me miró como si yo viniese de otro planeta.

—Oiga, ¿y *usté* por que se mete?

Intenté recordarle que yo ya había estado formado delante de ella durante más de una hora, pero la gorda traicionera insistió en que eso no era cierto y junto con otros espontáneos del odio me obligó a reubicarme en el distante final de la cola, donde los prospectos de salir pronto disminuyeron aún más. Comencé a planear mi venganza. Esperaría a que la rubia falsa de la ventanilla saliese de trabajar y la seguiría primero hasta el metro, luego hasta su casa y una vez allí la destrozaría sin piedad y me bebería hasta su última gota de sangre. O aguardaría hasta que la gorda desleal terminase su trámite y le haría lo mismo que a la otra pero con más saña. En ésas estaba cuando sonó la Marcha de Zacatecas en mi celular y la voz de Max me saludó con su elegancia característica:

—¿Qué passsó, güey?

Qué país maravilloso: Max resolvió el problema con una llamada telefónica. Una de sus tías era la secretaria de un tal licenciado X, funcionario de la delegación, y a los pocos minutos de terminar la llamada un muchacho flaco con mejillas jiotosas vino a buscarme para conducirme a una oficina decorada con la foto del ciudadano presidente de la patria y un afiche barato con la cara estoica del Benemérito de las Américas. Una vez allí un hombre gris, el susodicho licenciado, mandó llamar a la empleada de la torta, quien a partir de ese momento me trató con la mayor delicadeza y consideración.

—Ay, joven, ¿por qué no me había dicho que conocía aquí al *lic*?

En menos de quince minutos yo ya había salido del lugar, alegre, reconciliado con la vida, como todos aquellos mortales que encuentran su inesperada ración de dicha, su porción de eternidad, como diría el ilustre don Octavio, en actos sencillos de la vida cotidiana.

Abordé un taxi, no sin antes vigilar que tuviese desplegada no nada más la documentación oficial que lo acreditara como taxi legal, sino la parafernalia popular, religiosa, folclórica y familiar que era evidencia y garantía de que el conductor era un honesto y chambeador padre de familia: estampa de nuestra morena virgen nacional, banderines de su equipo favorito de futbol, fotografías de sus feos bodoques, zapatito de bebé, rosario de Chalma, imán con foto tridimensional del finado papa amigo Juan Pablo II, etcétera. No tenía ninguna gana de volver a mi mansión a respirar los gases nefastos de Mariselo Morales, quien a esa hora estaría acabando de comerse su ración vespertina de atole y frijoles con epazote y silbando *La gloria eres tú* o algún otro bolero infame de Los Tres Diamantes. Iría al centro, a la vieja cantina porfirista La Ópera a escuchar valses mexicanos de principios del siglo pasado y a leer mi edición rústica del *Oráculo manual y arte de prudencia* de Baltasar Gracián, que siempre cargo en el bolsillo interior de mi saco junto a mi libretita de apuntes marca Ideal. Me tomaría un caballito de tequila y otro de esa sangrita casera que tanto me gusta.

EL PALACIO DE LOS GATOS

Entré a la cantina y me senté, como era mi costumbre puesto que soy un inmortal consciente de nuestra historia patria, en la mesa famosa donde el delincuente y cuatrero Pancho Villa se emborrachó, sacó la pistolota y al grito de «¡Me vale *jijos* y una tiznada!», tiró un imprudente plomazo al techo.

Mientras leía los divertidos consejos del sabio nacido con el siglo XVII y paladeaba mi tequila, consideré con nostalgia la belleza marchita del lugar. La Ópera había visto sus mejores días de *spleen* y elegancia citadina durante el porfiriato, esa época dorada de nuestro glorioso pasado, perdida para siempre en nombre de una vulgar revolución populachera, pero cien años después algo conservaba de su encanto afrancesado y esnob. Imposible pensar que hace un siglo le hubiesen permitido la entrada a vendedores de billetes de lotería como la viejita que se había acercado a tratar de venderme un «huerfanito». Su mirada penetrante, que evidenciaba una vida que conocía la tortura del hambre, me impresionó y casi me distrajo, pero tuve la fortaleza de espíritu que me permitió ignorarla. Volví a concentrarme en la contemplación ociosa del lugar y en la lectura de esos epigramas y aforismos que con el paso del tiempo no habían perdido ni su filosa sabiduría ni su vigencia. Uno de mis favoritos, que ojalá todos los bellacos maleducados de esta ciudad pudiesen conocer y aplicarlo a sus vidas, dice: «No basta la sustancia, también se necesita la circunstancia. Los malos modos todo lo corrompen, hasta la justicia y la razón.

Los buenos todo lo remedian: doran el no, endulzan la verdad y hermosean la misma vejez. En las cosas tiene gran parte el cómo». El mismo Federico Nietzsche elogió los pensamientos certeros del español.

Al ritmo de las melodías interpretadas por los viejos de la charanga, a quienes yo venía escuchando desde que eran unos robustos jovenzuelos allá por los años de Andrea Palma y Pedro Armendáriz, recordé tiempos mejores en el primer cuadro de la ciudad, mejor conocido como el centro histórico. Todas las ciudades necesitan un centro físico y psicológico. El centro es la médula del ser de una ciudad. No hay vida interior sin ese bulbo nervioso y no puede haber ciudad que no tenga un espacio físico y emocional donde sus ciudadanos acudan a reencontrar su origen como si fuesen a verse en un espejo. Una ciudad carece de conciencia sin un palacio de gobierno donde residan los poderes políticos y sin una catedral donde los culpables expíen sus pecados, los fieles expresen sus esperanzas, los infieles confiesen su perfidia y los chaqueteros pidan perdón por sus traiciones. El centro de México era todavía esa clase de lugar: fungía como símbolo todopoderoso, dañado pero vivo, a escasas cuadras de donde mi segundo tequila me inspiraba y las notas del violín me estremecían al hacerme pensar en la inminencia del colapso de mi urbe amada.

Los ojos de la vendedora de billetes me escrutaban y yo comencé a sentirme incómodo. Apuré el tequila y pedí otro. Tomé una servilleta y en ella escribí con mi pulcra caligrafía Palmer gótica una lista breve de mis valses favoritos. Le hice una seña al viejo violinista para que se acercase a mi mesa y se la entregué, acompañada de un billete de alta denominación. El viejo asintió con la cabeza, me palmeó el hombro con afecto y respeto, reconociéndome con discreción, y haciendo una reverencia regresó al rincón de la cantina donde le esperaban sus apolillados colegas. A los pocos segundos, las notas de *Viva mi desgracia* inundaron el establecimiento. Dos señoras de edad avanzada que comían en una mesa cercana suspiraron y voltearon a verme con una simpatía que yo eludí. Mis pensamientos volvieron al centro. Parecía que apenas ayer mis antepasados aztecas celebraban los ritos sagrados que los invasores de Europa consideraron inhumanos al verlos con el filtro de la ignorancia en su mirada extranjera, lo que hizo que interpretaran la poesía magnífica del sacrificio humano como una barbaridad digna de salvajes. «Qué país tan complejo», me dije y escribí en mi libreta Ideal: «México-Tenochtitlan, país complejo». Le di un sorbito a mi tequila y sentí una vez más la mirada de la vieja, ahora irritante e impertinente. Las notas del siguiente vals, *Carmen*, compuesto por Juventino Rosas y dedicado a la esposa del gran general oaxaqueño, nuestro caudillo don Porfirio Díaz, perfumaron con un aroma hecho de nostalgia reaccionaria mis memorias decimonónicas. Evoqué el pasado glorioso de mis ancestros.

Mi abuelo me contó cuando yo era apenas un párvulo que los esclavos sacrificados en las ceremonias religiosas de los aztecas eran tratados con gran dignidad. Los encargados de adquirirlos iban a mercarlos a Azcapotzalco, cerca de la hacienda donde yo crecí. En aquel poblado había un tianguis en el que cantores contratados para ese fin bailaban y cantaban para promover la mercancía humana. Los cantores, a su vez, hacían bailar y cantar a los esclavos para que luciesen sus dotes. Nadie compraría un esclavo carente de gracia. Aquellos que tenían mejor ritmo, y por ende mejor condición física, eran adquiridos de inmediato. Los mejores ejemplares se vendían hasta por cuarenta mantas, mientras que aquellos que no eran muy lucidos se vendían apenas por treinta. «Qué tiempos tan civilizados», pensé, «en los que uno podía levantarse en la mañana, tomarse un champurrado caliente con pan y decidir que ése era un buen día para ir a comprar un esclavo». El nuevo propietario los llevaba hasta su casa, los encerraba con precaución para que no escapasen y en la noche organizaba una fiesta en la que los vestía con esmero y hasta con lujo. Una vez ataviados con la dignidad correspondiente a aquellos que están destinados a la muerte, el orgulloso dueño los sacaba para lucirlos frente a sus invitados, quienes bebían pulque toda la noche y comían exquisitos manjares. Los festejos se sucedían por tres noches. A la cuarta volvían a reunirse todos para presenciar el rito del sacrificio. Cómo deseé entonces que aquel modo de vida pudiese volver a nuestra ciudad para depurarla de una vez por todas de la gente inútil y viciosa que pulula por sus calles. Imaginé una sociedad moderna donde uno pudiese ir a un Superama o a la Comercial Mexicana a comprar un asaltante, un secuestrador o un regidor municipal en el departamento de esclavos y legumbres y llevárselo a su casa sentado, muy quieto y seriecito en el asiento trasero del coche, para horas más tarde poder arrancarle el corazón podrido y despellejarlo vivo ante el regocijo unánime de los compadres y las comadres. En las festividades en honor a Tláloc o Xipec Tótec, que son aquéllas donde los aztecas mataban más esclavos, o en los días en que se honra al terrible Tezcatlipoca, uno podría levantar un brillante cuchillo de obsidiana y terminar con la vida de un líder sindical corrupto, un diputado del PRI o un traidor perredista de tendencias comunistoides.

Las notas de un vals de Manuel M. Ponce, el delicado *Intermezzo*, casi me arrancaron lágrimas de luto por la exquisita ciudad afrancesada que conocí en mi infancia, destruida ahora por sus propios habitantes. Me sentí nostálgico, me sentí retrógrado, me sentí como un poeta de pueblo y pensé en Isabel Tallulah, condesa de Hampton, quien seguramente se habría burlado de mis sentimientos patrióticos, y antes que continuar sufriendo la mirada insistente de la tenaz vendedora de billetes consideré que lo mejor sería volver a casa a tratar de dormir, aunque para lograrlo tuviese que tomarme un Valium vampírico. Pagué la cuenta, me despedí de los venerables músicos y al salir de la cantina advertí que la vieja me había seguido hasta la banqueta, convencida tal vez de que yo finalmente le compraría el mísero billete. Se había hecho tarde y había poca gente caminando por Cinco de Mayo. Di vuelta en Filomeno Mata y mientras caminaba hice el movimiento de sacar mi cartera, misma que la anciana venía esperando toda la noche. Cuando se acercó a mí con el billete de la lotería en la mano y una sonrisa agradecida, le cogí la cabeza y la torcí hasta que el cuello produjo el sonido característico de una fractura fatal. Sostuve su cuerpo inerte antes de que cayera al suelo y escuché con regocijo cómo se escapaba de sus labios el último aliento. En ese mismo instante sentí que me invadía una paz total que hacía tiempo no sentía y al despegar los ojos del cadáver fresco de la anciana descubrí una nueva, maravillosa y vibrante ciudad. Ah, ¡la tranquilidad pura y absoluta que nos puede dar la muerte!

Invadido mi pecho de esa paz poética, me dispuse a dar un paseo. No sé qué efecto produce en mí el tequila, esa noble bebida que para ser paladeada con propiedad debe ingerirse solamente dentro de los confines del territorio nacional. Hacerlo en otros lados del mundo es como querer apreciar un tango fuera de Buenos Aires, o saborear una pizza fuera de Nápoles, o disfrutar un cortejo fúnebre fuera de Nueva Orleans. El tequila me llena de una euforia sentimental. Bebo en un tequila la sangre de México. Bebo otro y en él paladeo la sangre de Cuauhtémoc. Bebo uno más e intento comprender por qué la selección mexicana nunca ganará un mundial de futbol. Creo que estaba ebrio.

Caminé una cuadra y llegué hasta un edificio que estaba siendo demolido. «¡Repámpanos!», me dije, ante la conciencia de que el inmueble había sido dañado en el gran terremoto de 1985 y seguía en pie veinte años después. Las modernas ruinas me hicieron pensar con cariño e indignación en los templos aztecas que fueron derrumbados por los salvajes de Iberia. «Las ruinas», consideré, «son la imagen triunfal y paradójica de la derrota digna que ha terminado por vencer al tiempo. Son como el cuerpo vencido de un anciano que se esmera en caminar erguido». La imagen de la vieja desmoronándose a mis pies como Pedro Páramo me produjo un sentimiento parecido a la culpa, así que decidí cambiar de imagen poética. «Las ruinas», me dije, «son como los versos de un poema épico que el tiempo no ha podido borrar de la mente de los hombres. Mejor. Las ruinas son como una canción de cuna que se niega a abandonar nuestra memoria. Qué bonito. Las ruinas son como el perfume de un amor muerto que nuestro olfato se niega a recordar porque evocarlo duele... Bueno, basta».

Estas ruinas que vi eran ahora un palacio de escombros, poblado no de fantasmas ni de ecos, sino de gatos. En sus recintos polvorientos había docenas y docenas de gatos. Gatos chicos y gatos grandes. Gatos gordos y gatos flacos. Gatos pelones y gatos greñudos. Gatos. Una mansión caótica repleta de gatos famélicos. Una maullante nación de gatos delirantes. Una multitud felinosa de gatos chilangos desnutridos y pulguientos que me reconocieron como hijo de la noche y vinieron a saludarme con afecto fraterno. Los animales de los inmortales son nocturnos, como el lobo, el tecolote y el gato, que es uno de mis animales predilectos porque es el más egoísta de la creación. «Tal vez en un acto de solidaridad con mis hermanos felinos podría encargarme de alimentar a esa tribu urbana de pequeños tigres», pensé. «Tal vez podría adoptarlos. Alguien tiene que hacerse cargo de ellos, alguien tiene que asumir la responsabilidad de proteger a los débiles.»

Fue precisamente en ese momento de reflexión filantrópica que la Gran Epifanía me iluminó con la certeza de mi misión. Los dioses del mundo derruido, que aún temblaban de ira entre las piedras centenarias del centro mexicano, tuvieron a bien susurrarme su grave orden. «¡Eureka!», me dije, «finalmente obtengo la clave de mi propia dicha». Yo, Tenebroso Acosta de la Cruz, sería el autor de los trabajos justicieros que cambiarán el rumbo del caos. Sería el paladín de los inmortales del planeta, el guerrero vengador, el murciélago fenixio que se levanta de las cenizas del tiempo, el Quetzalcóatl del nuevo milenio, el nuevo héroe decimonónico del siglo vigésimo primero. Un gozo épico y místico me llenó el pecho. «Limpiarás esta ciudad», me dije. «Barrerás la mugre humana.

Serás ángel exterminador y heraldo del anuncio de una nueva era de paz en esta ciudad traicionada por los corruptos y los asesinos.»

—Tenebroso —exclamé en voz alta, levantando al más pequeño de los gatos como quien ofrece un disco sangriento a la esfera celeste—, has firmado tu destino.

El gatito me miraba fijamente y maullaba lleno de angustia.

II

VENGADOR

PECADOS Y VIRTUDES

La noche llegó y con ella el principio de mi noble labor. Le di órdenes estrictas a Mariselo Morales de que nadie me interrumpiese y me encerré en la biblioteca a formular mi plan maestro. Sentado en mi escritorio de roble, tomé una fina hoja de papel y me detuve por unos instantes a observarla como un general observa el mapa del territorio enemigo antes de trazar en ella los detalles de su estrategia para la batalla.

«Va a ser muy difícil acabar con los corruptos, los asesinos y los secuestradores», pensé. «No, Tenebroso: difícil no, imposible.» Mis aspiraciones tendrían que ser modestas, pero no por ello menos significativas. Me convertiría en un precursor. Mis acciones enviarían una advertencia muy clara a los perpetradores de aquellos abusos: «¡Basta, canallas! Hasta aquí han llegado sus canijos crímenes». No podría deshacerme de todos los políticos, pero sí podría arrancarle la lengua y cortarle una mano a un par de ellos. No podría raptar a todos los secuestradores, pero sí a uno o dos. Les cortaría las orejas para que sufriesen en carne propia el mismo dolor que ellos, sin remordimiento alguno, infligían a sus víctimas. Me sería imposible castrar a todos los violadores, pero fácilmente podría mutilar a media docena. El castigo tendría que ser meramente ejemplar. Seguiría la ley de la justicia bíblica porque era antigua y simple: ojo por ojo, oreja por oreja. «Sin su aplicación rigurosa no habrá nunca solución al problema de la violencia insensata», me dije entusiasmado.

En teoría la labor era sencilla. Buscaría a los responsables de tanta miseria y tanta violencia y los castigaría. Pero en un país como éste, ¿a quién puede uno culpar de los males que nos aquejan? De alguna manera todos somos responsables. Todos hemos cometido alguna acción indigna. Otro argumento en contra de la democracia: cada pueblo tiene el gobierno y la corrupción que se merece. Si nos costó tanto esfuerzo expulsar a los invasores peninsulares hace doscientos años, ¿por qué permitimos que la nación nueva y fragante fuese manoseada y secuestrada por pillos, charlatanes y vendepatrias durante los dos siglos siguientes? Con nostalgia pensé en el patriota Iturbide, nuestro efímero emperador, y recordé con amargura a aquellos que lo traicionaron. Consideré entonces que todos éramos culpables, porque tanto peca el que mata a la patria como el que le ata la pata. Esta reflexión indujo la segunda epifanía: podría comenzar mi labor de ajusticiamiento con los pecadores.

Éste me pareció un punto de partida natural en México, país católico, guadalupano y amigo de todos los papas. «Los pecadores tendrán que pagar», razoné, «por sus faltas a los preceptos morales y a la ley divina establecida por aquel ser supremo a quien decían profesarle amor, temor y temblor». Para encontrar una justificación ética que les diese fundamento teórico a mis actos, me levanté del escritorio lleno de energía académica a buscar mi edición de las *Confesiones* de san Agustín. Abrí el volumen al azar, comencé a leer y me encontré con el primer insospechado conflicto. San Agustín, padre de la Iglesia, no nació siendo un santo sino, evidentemente, un humano común y (bastante) corriente. Comencé a leer su prosa autobiográfica, que en contra de mis expectativas desarmó de entrada mi argumento en contra de los pecadores. Hablándole a Dios sobre los dolores de cabeza que le dio a su madre en su juventud, el santo confiesa que cuando era un adolescente de hormonas inquietas «quería ella que yo no fornicara y que no cometiera adulterio, pero esto me parecían necedades de mujer que yo no podía aceptar». San Agustín, ¿un vulgar fornicador? Madre mía. Seguí leyendo: «¿Hay acaso algo más reprochable que el vicio? Yo, para evitar ser reprendido, me hacía aún más vicioso. Y si no había hecho cosas peores que los más perdidos, presumía de haberlas hecho, pues temía que mi inocencia se confundiese con cobardía y mi pureza con debilidad». Las dudas surgieron de inmediato: si un hombre tan virtuoso como san Agustín había cometido los actos innobles que generalmente atribuimos a los humanos de condición más baja, ¿cómo justificaría yo el aniquilamiento de uno de estos delincuentes sin arriesgarme a que mi ansia de justicia fuese causa del exterminio prematuro de un futuro santo? ¿Y si en mi afán de castigar a un ratero común privase al mundo de un beato en ciernes? Hablando de unas frutas que había robado en compañía de sus secuaces, san Agustín expresaba su arrepentimiento: «Nos llevamos una gran cantidad de peras, pero no para comerlas, sino para echarlas a los puercos, realizando así una acción por el simple hecho de que nos estaba prohibida». Comencé a sospechar que tendría que utilizar otro criterio. El castigo a los pecadores, me di cuenta, tiene que considerar que para los católicos existe la posibilidad de la redención a través de la contrición y el arrepentimiento. Gracias a esto, los miembros del club reciben perdón por sus faltas y, por ende, recuperan la posibilidad de la salvación eterna. Un mal marido adúltero chilango, valga la redundancia, se emborracha el día de la quincena en el bar de un Toks o un Wings y se acuesta en un motel piojoso del rumbo de Tacubaya con su secretaria o con cualquier otra secretaria que conquiste con bacardís añejos, baladas de José José y chistes malos; pero a la mañana siguiente se levanta del lecho conyugal con un grave caso de cruda física y moral, sufre un ataque de culpa cristiana, se come unos picosos chilaquiles, va a misa, se confiesa, es perdonado, reza sus oraciones y al volver a casa comienza a adoptar huérfanos africanos o bolivianos por correo o a darle dinero a los del Teletón. En ese mismo instante su alma se salva de las llamas del infierno. «Hasta este exrufián canonizado se salvó», pensé. Seguí leyendo: «Amé mi perdición y mis propias faltas, no tanto aquellas cosas que eran la razón de que cometiese el mal, sino amé el mal mismo. Mi alma torpe abandonó tu centro para ir tras su perdición no deseando en la ignominia más que la misma ignominia». Parecían las confesiones del marqués de Sade, no las de san Agustín. Suspiré. Pecadores uno, Tenebroso cero.

Tuve que recurrir a otro de mis santos favoritos, uno que no fue tan honesto con sus faltas y que no habló tanto de sí mismo. De acuerdo con santo Tomás de Aquino hay siete pecados capitales. «Con esos me basta y sobra», pensé aliviado, al tiempo que rescataba de un librero un elegante tomo de su obra. Allí encontraría la justificación para mi ataque contra esos seres impuros; examinaría cada uno de sus actos pecaminosos de acuerdo con la naturaleza de su falta. Para poder elaborar el mapa del castigo, escribí los nombres de estos pecados en la hoja de papel, tal y como los enumera santo Tomás, anotando al lado la virtud que debía ser empleada por el pecador para que en caso de arrepentirse pudiese revertir su falta, el antídoto, digamos:

#	Pecado	Antídoto / Virtud
Uno:	Soberbia	Humildad
Dos:	Avaricia	Generosidad
Tres:	Lujuria	Castidad
Cuatro:	Ira	Paciencia
Cinco:	Gula	Templanza
Seis:	Envidia	Caridad
Siete:	Pereza	Diligencia

Más claro, imposible. Mis actos harían posible el exterminio paulatino de todos aquellos seres cuyos corazones putrefactos están dominados por sus debilidades. Ah, ¡qué alivio para el cosmos poder extirpar el veneno de la soberbia de los poderosos que anhelan a toda costa conseguir la gloria y el reconocimiento de sus semejantes! ¡Qué gran acto de rectitud moral el arrancarle sus bienes materiales al avaro y hundirlo en la miseria más abyecta! Castigar los excesos del lujurioso y hacerlo sentir avergonzado de su sensualidad enferma. Poder desafiar al iracundo y provocar la cólera de su corazón hasta hacerlo explotar con los efectos desmedidos de su enojo. Matar de hambre al goloso privándolo de la satisfacción de los alimentos superfluos para que en este país de desnutridos haya finalmente pan para todos. Exponer al envidioso y darle de comer el veneno verde de su lengua, hacerlo que se trague sus intrigas para que sufra en carne propia las consecuencias de su nefasta pasión. Finalmente, reventar con trabajos forzados al perezoso, que en un día haga lo que no hizo en años de indolencia para que aquellos ciudadanos esforzados que con su trabajo mantienen a esa bola de inútiles puedan ver que en este lugar las cosas finalmente comienzan a arreglarse. «Gracias, santo Tomás», pensé, «gracias por darme la clave de la reconstrucción del carácter envenenado de este pueblo».

Tendría que ponerme a trabajar porque ahora que la epifanía se había consolidado, no llevar a cabo mis acciones sería irresponsable. Recordé las palabras del santo, quien de manera puntual afirmó que «cada juicio de conciencia sea bueno o malo, que sea sobre las cosas intrínsecamente malignas o moralmente indiferentes, es obligatorio, de tal manera que aquél que actúa en contra de su propia conciencia siempre peca». Y yo, que ni siquiera soy un pecador porque vivo en la eternidad al margen del pecado y al margen de Dios, al margen de la Iglesia y de todo aquello que sea virtud o decadencia entre los hombres, reconocí el precepto de aquel hombre como algo tan cierto como la vida y la muerte. Tomás de Aquino, nacido en el siglo XIII, no cometería las inocentes indiscreciones de san Agustín, un hombre de los siglos IV y V, quien, en el afán de ser completamente transparente con su creador, casi terminó por arruinarme el plan redentor.

Comenzaría con un soberbio. El primer candidato que se me vino a la mente fue Pancho Pitone, noble apostador y bailarín de tango. Inconveniente número uno: Pancho era inmortal y acabar con uno de los míos me pareció inaceptable. Inconveniente número dos: Isabel jamás me lo perdonaría. Eliminé su nombre de la lista y rascándome la cabeza, que en esos días me daba comezón porque la brillantina me estaba creando un grave problema de caspa, decidí que tendría que consultar con Max porque no se me venía el nombre de nadie a la memoria. Tomé el teléfono y marqué el número de su casa. Mi amigo, como miembro distinguido de la comunidad literaria mexicana, seguramente contaría entre su gran cantidad de conocidos con algún soberbio: es sabido que entre los literatos, y en particular los poetas, se cuentan las personas más arrogantes del planeta. Me contestó la Chencha.

LA NOVELA DE MAX

Chencha era la mártir de la poesía de la colonia Roma, la víctima número uno de su «peor es nada» bohemio. Cándida Ifigenia, a pesar de ser una chica profesional moderna, era el prototipo de la abnegada esposa mexicana. Su drama confirmaba que detrás de un gran hombre siempre hay una mujer amargada, rencorosa y reprimida.

—Chin, conde. Todavía está dormido —me informó Chencha con un susurro.

—Ah, caray, ¿y a qué se debe ese milagro? —pregunté sorprendido y susurrando también de manera automática.

—Híjole, es que ya llevaba como tres días sin parar, y finalmente yo creo que la parranda le pasó la cuenta —respondió.

Chencha me prometió que le daría mi mensaje y de paso me invitó a comer pozole a su casa. Acepté de inmediato porque ella hace el mejor pozole guerrerense que uno puede encontrar en la Ciudad de México. Chencha lo sirve con un mezcal que su papá consigue con sus contactos en la sierra de aquel estado.

El papá de Chencha es comandante de la policía judicial, así que Max, marido de abogada y yerno de policía, goza de privilegios especiales en todo aquello relacionado con la justicia, a pesar de que su suegro no siempre lo mira con buenos ojos. El comandante, me confió Chencha un día, simple y sencillamente no se resignaba a aceptar que un hombre mexicano adulto, miembro de su familia, pudiera ser poeta; la poesía, según él, era un *hobby* de niñas cursis o de putos. La ignorancia de su suegro le hacía suponer que, por esta lírica razón, Max tenía que ser un drogadicto, cosa que es cierta; un comunista, cosa que no lo es, y un homosexual, cosa que no creo. A pesar de este rechazo, el comandante siempre lo sacaba de sus apuros porque tenía la esperanza de que en algún momento el discípulo de Avelino Pilongano se portara a la altura y le diera su anhelado primer nieto. Pero Max no quería hijos. Max detesta a los niños porque está convencido de que son seres inferiores que no le han probado a la naturaleza su derecho a existir y, por lo tanto, no deben gozar los mismos derechos que un adulto. Afirmaba sin empacho que ojalá fuese legal comérselos porque, con tanto escuincle que hay a lo largo y ancho del país, solucionaríamos con un simple decreto el grave problema de la desnutrición. Un día dijo esto en medio de la cena y la pobre Chencha se fue a llorar a la cocina. Yo la seguí porque en ese momento vi mi cazuelita vacía y se me antojó otro plato de pozole. La Chencha, al verme entrar, pensó que yo había acudido a consolarla y aprovechó para contarme sus cuitas. Desde entonces piensa que soy un caballero, que lo soy, y me cuenta sus problemas matrimoniales cada vez que los tiene, es decir, todo el tiempo.

El problema de Max, me decía Chencha un día mientras limpiaba los cristales empañados de sus gruesos anteojos, era que le tenía miedo al éxito. Evidentemente, a pesar de todos los manuales matrimoniales que leía y tanto psicólogo y astrólogo que visitaba, Cándida Ifigenia no acababa de entender con quién estaba casada. No se había dado cuenta de que el éxito del poeta no es como el del abogado o el del mercader. «A esta chica», llegué a pensar, «le han hecho daño los libros de autoayuda que devora en busca de soluciones a su drama matrimonial». Una noche que los tres cenábamos en su casa, Max dijo que quería escribir un manual de autoayuda para ganar mucho dinero, y ella se puso muy contenta porque sabe que, además de ser un gran poeta, su esposo es un prosista notable.

—Se va a llamar *Cómo triunfar en la vida a pesar de tu esposa* —dijo Max soltando una carcajada siniestra. Chencha se levantó de la mesa y se fue a llorar a la cocina. Yo la seguí porque, a partir del malentendido del pozole, cada vez que Chencha se refugia a llorar en el laboratorio de los chimoles me siento obligado a acompañarla.

Lo que Chencha ignoraba es que Max venía planeando una novela sobre un autor ficticio de libros de autoayuda. El protagonista, Segismundo Froilán sería un poeta alcohólico de Chimahualcán que había perdido su trabajo de prefecto en una secundaria federal y estaba al borde del suicidio. Un día, convertido ya en un teporocho de pulquería y herido de muerte por la vida, estaba a punto de tirarse a las vías del metro en la estación Pantitlán cuando tuvo una revelación: aprovecharía su profundo conocimiento de la naturaleza humana, resultado de miles de horas de borracheras con hombres y mujeres que le confiaban sus penas y sus secretos, y escribiría libros de autoayuda. Además de rescatar de la miseria espiritual a sus futuros lectores, solucionaría sus grandes apuros financieros, pues es sabido que estos libros infames se venden en una proporción de mil a uno en relación con las novelas. Segismundo Froilán dejaba de tomar tlachicotón, se encerraba en su casa y no salía hasta tener varias propuestas de libros que vender a las editoriales más importantes del país. Después de un año de dar vueltas y subir y bajar por las principales casas editoriales de México, Segismundo no lograba que nadie le ofreciese un contrato de publicación, porque sus libros eran excesivamente honestos y, como todo mundo sabe, la honestidad no ayuda a nadie, menos a un escritor. Algunos de los títulos de estos libros tenían esa impráctica virtud: *Jamás vas a cambiar*, *La lengua mágica del hombre impotente*, *Cómo abandonar a tu familia sin remordimientos*, *La masturbación como antídoto contra el amor*, *Cómo dejar de beber sin renunciar al alcohol*, etcétera. Desesperado ante tanto rechazo, Segismundo abandonaba sus sueños guajiros de escritor, a su familia y se iba a vivir a Tijuana;

allí se convertía en compositor de narcocorridos, ganaba mucho dinero, se casaba con una hermosa mujer veinte años más joven que él y vivía feliz.

Yo le he insistido mucho a Max en que escriba esa novela, que, según yo, tendría un gran éxito porque a los mexicanos les encanta leer libros de autoayuda y serían capaces de reírse de sí mismos al verse reflejados en el drama ejemplar del protagonista, pero la triste realidad es que Max jamás escribirá esta gran historia porque en el fondo desprecia la novela.

Cuando Max se sienta en la mesa de su cantina y comienza a arrojar como un etarra literario esas declaraciones provocadoras que a los periodistas les gusta reportar en las páginas culturales de sus diarios, siempre se arma la discusión en grande. Juramento Casto, que ama la novela y es un chico muy culto e inteligente, lo enfrenta con gran valor y erudición, pero Max es un maestro de la idea relámpago, de la cita certera, del aforismo devastador y posee una labia que pocos intelectuales tienen o pueden manejar con su gracia y su encanto. Una noche Max dijo que la novela era un arte menor porque para escribir y vender trescientas o cuatrocientas páginas repletas de mentiras no se necesitaba inteligencia ni talento sino tres cosas: perseverancia para escribir el mamotreto, una portada llamativa ideada por un editor mercenario y un lector perezoso y sin imaginación que disfrutase leer historias mediocres sobre gente inexistente. Para él la superioridad de la poesía, o incluso del cuento, sobre la novela es indiscutible. «Una novela de Norman Mailer al lado de un poema de Paz es como un hipopótamo sarnoso al lado de una gacela», dice. «O una novela de Updike al lado de un poema de Oliverio Girondo es como un lagartijo de la línea Cuautitlán-Tacuba al lado de un Ferrari Testarossa». Max nunca critica seriamente a las vacas sagradas de las letras mexicanas, fiel a la advertencia de Chencha, que siempre le dice: «No hables mal de nadie, mi amor, y mucho menos de gente importante, porque luego nadie te va a querer publicar. Recuerda que estás en México». O le dice: «El pez por la boca muere, Max». O: «En boca cerrada no entran moscas», etcétera; porque a Chencha le encanta hablar con refranes mexicanos, que son, además de bonitos, muy poéticos. Max la mira y se ríe con esa risa tosca y grandota de Diego Rivera, que es como de pistolas y cuchillos de obsidiana mezclados con el agua de un río de la infancia. «Chencha, negrita, no te preocupes que en este pinche país nunca pasa nada.»

Me despedí de mi querida amiga, colgué el teléfono y, dándome cuenta de la avanzada hora, resolví que saldría a la calle porque en la noche de la Ciudad de México si algo sobra son pecadores, y aunque no me encontrase con ningún soberbio, con certeza me toparía con alguien cuya vida era absolutamente innecesaria.

DARKETOS

Caminé las pocas cuadras que me separaban de la plaza de Coyoacán y me senté en una de las bancas, al lado de la fuente. Supongo que buscaba inspiración o solaz en la música nocturna que salpicaba su sonata de agua sucia en las baldosas cuando descubrí en la penumbra cercana a una pareja de darketos que me miraba con insistencia. Los examiné con discreción y me di cuenta de que la niña *darky* poseía una belleza notable. Unos minutos después, el muchacho, que evidentemente no pudo contener su curiosidad, se acercó a hacerme conversación. Lo primero que se le ocurrió preguntarme fue si era mexicano. Ah, estos mexicanos preguntones, paisanos queridos, curiosos incorregibles.

—Sí, amigo mío, nací en el noble y antiguo barrio de Tacuba y me crie en Azcapotzalco, justo en la esquina de la avenida Azcapotzalco y el callejón de Nextengo —respondí con la cortesía que me caracteriza.

Los darketos estaban disfrazados como era de esperarse en estos artificiales seres de la noche: rostros maquillados de blanco, labios y uñas pintados de negro, ropajes oscuros y todos los elementos vulgares del cliché. A propósito de descripciones, creo que ya es hora de que le diga al lector cómo soy yo. Soy un varón alto y fornido. Mido un metro con sesenta y tres centímetros. Peso sesenta kilos. Mi cabello es oscuro y lo tengo cortado a la usanza bohemia decimonónica, con una melenita que le otorga a mi aspecto cierto romanticismo gótico. Mis ojos son dorados y el color de mi piel es moreno claro. Aquí siempre me dicen «güero», que güero por aquí y güero por allá, aunque no soy blanco como mis parientes por el lado materno, ya que la sangre de mi padre indígena era muy pesada. Mi porte es erguido y mi mirada es penetrante como la de un tecolote. Estoy orgulloso de mis manos perfectamente manicuradas y siempre, bajo cualquier circunstancia, me visto con la propiedad que considero obligatoria en alguien puntilloso y anticuado como yo. Sí, soy anticuado: lo moderno me parece barato, estridente y de mal gusto. Mis valores son los mismos valores monárquicos de mis antepasados. Nunca empleo un lenguaje soez. En otras palabras, de acuerdo con los patrones mexicanos de conducta social en esta ciudad anárquica, soy una especie de aberración cultural, o como dice Tallulah: un *freak*.

Los chicos darketos me miraban hipnotizados sin tener la menor idea de que, por primera y quizá última ocasión de sus vidas, estaban frente a un auténtico príncipe de las tinieblas. Eran las dos de la mañana y la plaza de Coyoacán estaba prácticamente desierta. Algunos taxis circulaban como zopilotes buscando sustento. Algunas patrullas policíacas pasaban morosas buscando víctimas. Hasta los gatos se movían con cautela haciendo evidente su instinto de caza, propio de la hora y de su diluida sangre de tigres urbanos. Supongo que en ese momento la visión de nosotros tres sentados en una banca, vestidos de esa manera poco convencional tan cerca del trópico, podría tener algo de extraño e incluso cómico para un observador casual.

Una pareja de turistas gringos, que aparentemente no sabía que a esas horas de la noche no se transita por las calles de México, pasó muy despreocupada platicando a gritos, como es costumbre entre los miembros de ese pueblo bárbaro que se siente dueño del mundo. ¿Qué querrían de mí estos vampiretes? ¿Me habrían confundido con algún artista del cine nacional o un galán de telenovela? ¿Buscaban acaso mi consejo? ¿Tendría yo que reprocharles la indumentaria equívoca? Y de ser así, ¿qué admonición podía hacerles yo a estos jóvenes desorientados que me miraban con ojos ansiosos? ¿En qué terminaría este encuentro casual entre un inmortal y estas víctimas culturales del jálogüin y las malas novelas de vampiros?

Un cólico me recordó que mi cuerpo necesitaba su ración de sangre. El hambre y la sed de un inmortal son similares a los síntomas del síndrome premonstrual de una mujer; esto me lo dijo Isabel que era experta en ambos. Miré a los chicos y vi en ellos mi cena. La hermosa adolescente, que dijo llamarse Valeriana, tenía una figura voluptuosa, además de un rostro inocente. Recordé de manera puntual que la sangre de una joven de dieciséis años tiene el gusto dulzón del mejor oporto añejo. Al contemplar con apetito sus pechos tiernos me invadió un sentimiento pariente de la lujuria. Me levanté y los invité a caminar conmigo y conversar. Mi intención era llevarlos a algún callejón donde pudiese sacrificarlos sin intromisiones. Emprendimos la marcha por la avenida Centenario. El muchacho metiche no pudo resistir la tentación y me soltó la pregunta que venía quemándole los labios:

—¿*Usté* es un vampiro *de a devis*, no?

Sonreí y le miré de soslayo sin satisfacer su curiosidad. Al llegar a una bocacalle en tinieblas hice un gesto con la mano para indicarles que penetrasen en la oscuridad del callejón. Ambos titubearon un instante antes de avanzar y cuando finalmente se disponían a hacerlo, un coche que pareció surgir de la nada se aproximó a toda velocidad y se detuvo brusca y ruidosamente a nuestro lado. Dos hombres treintañeros de apariencia tosca se bajaron apresuradamente de él. Empuñaban sendas pistolas y uno de ellos nos ordenó que no nos moviésemos.

—¡Policía judicial, putos! ¡*Quédensen* quietos! Al que se mueva le parto su chingada madre —dijo el que había descendido del lado derecho.

De manera instintiva los chicos se refugiaron a mis espaldas y yo sentí la obligación darwiniana de proteger mi cena. El maloso que aún no había dicho nada se acercó a observar con descaro las delicadas formas del cuerpo de Valeriana mientras daba una vuelta lenta a su alrededor, lamiendo con los ojos los pechos turgentes, la curvatura de la cadera, el trasero precoz.

—Mira nomás lo que nos vamos a cenar, compita —dijo.

Fue en ese instante cuando, con la velocidad pertinente y lúcida del rayo, recordé a santo Tomás y a los pecadores del mundo que tenían que pagar por sus faltas. Sin preocuparme por el riesgo que corría, les pregunté con una serenidad que debió de helarles la sangre:

—¿Quién de ustedes dos es el más soberbio?

Los judiciales voltearon a verme con un gesto de confusión y luego intercambiaron una mirada de desconcierto. Volví a preguntar:

—¿Cuál es la virtud que puede hacer que a un soberbio le sea perdonado su orgullo?

El judicial lujurioso se me acercó y, apuntándome con el cañón de la pistola, me obligó a caminar hacia atrás hasta que mi espalda quedó contra una pared.

—¿Quién te crees que eres, putito? ¿El pinche conde Drácula paseándose con sus murcielaguitos culeros?

Su ignorancia me hizo sonreír y sin inmutarme respondí:

—Drácula, felón irreflexivo, fue el producto interesante de un autor de imaginación pobre que alcanzó enorme popularidad debido a la curiosidad natural de los mortales respecto al mundo misterioso de la noche.

El otro judicial se acercó y, clavándome los ojos con intensidad, me ordenó que me callara. Los darketos observaban la escena con un arrobado gesto de admiración. Cuando pensé que había llegado el momento de la verdad (como tan acertadamente expresa ese término de la tauromaquia, la hora en que el matador le asesta la estocada mortal al astado concediéndole paz eterna a su alma de bestia) y me disponía a darles su merecido a las insolentes alimañas, sucedió algo insólito, algo que nunca sucede en esta ciudad impredecible: de la nada nocturna surgió a toda velocidad una patrulla policíaca que frenó espectacularmente frente a nosotros. De ella descendieron cuatro gallardos oficiales de la policía capitalina, con las pistolas desenfundadas, que procedieron a amenazar a gritos a los dos rufianes. En cuanto los oficiales controlaron la situación pudieron verificar que los supuestos judiciales no eran más que dos vulgares delincuentes con identificaciones falsas y procedieron a esposarlos. «Cáspita», me dije, «lo único que me faltaba: policías honestos». La ciudad conspiraba en contra de mi misión de rescate moral.

La prometedora noche bajo cuyo amparo me tendría que haber empapado los labios con el dulce néctar de la sangre valeriana se convirtió a partir de ese momento en un embrollo burocrático del que no quisiera acordarme. Pasé las tres horas siguientes sentado en la oficina del ministerio público, levantando la denuncia correspondiente que los policías insistieron en que tenía que realizar, identificando formalmente a los asaltantes, firmando oficios que no servirían para nada. Entendí por qué razón ningún ciudadano reportaba los asaltos que sufría y prefería comerse a solas su amargura como una hostia presentada ante su boca por los sacerdotes de la injusticia urbana. Los darketos, para complicarlo todo, llevaban entre sus posesiones los restos de un desnutrido carrujo de marihuana. En un arranque de generosidad los defendí arguyendo que la hermosa Valeriana era mi sobrina y que yo era el presidente de un inofensivo club de vampiros. ¡Qué humillación! No fue sino hasta muy entrada la noche que uno de los policías honestos insistió en llevarme hasta mi casa. En el trayecto de vuelta consideré la posibilidad de cenarme al oficial, pero tuve la cordura de recordar que a final de cuentas esos pobres policías mal pagados estaban haciendo precisamente aquello que yo había decidido hacer por la ciudad. ¡Qué mala suerte! Llegué a mi casa, me tomé un Valiumpiro y me retiré a mis aposentos a dormir, no sin rogarle a santo Tomás que por unas cuantas horas dejase en paz mis pensamientos para poder conciliar el sueño.

UN DISCÍPULO

Dormí como un maldito y tuve pesadillas maravillosas. Al despertar ya comenzaba a oscurecer. Max no había llamado a una hora inoportuna, Mariselo Morales había cumplido sus tareas domésticas de manera discreta y silenciosa, la alarma del coche del vecino no había sufrido ninguna crisis nerviosa. Las horas de sueño me ayudaron a reponer la energía que necesitaba para cumplir de manera eficaz la apremiante labor de rescate de la ciudad. Por aquellos días yo había comenzado a pensar en ella como el médico de una enferma desahuciada que implorara mi cuidado amoroso. Yo era ese matasanos sabio, esa eminencia que poseía el conocimiento y la ciencia que salvaría su vida o al menos aliviaría su dolor. Me desperté con hambre y le pedí a Mariselo Morales que me preparase unas albóndigas en chile chipotle. Le insistí en que no me las hiciese de pollo, como a veces me las preparaba porque le había dado por cuidarme el colesterol.

Los inmortales comemos casi de todo. La sangre humana es el elemento más importante de nuestra dieta, pero ya que caminamos por la noche del tiempo con un cuerpo muy parecido al mortal, necesitamos nutrirlo con alimentos comunes para mantenerlo fuerte y saludable. Las albóndigas de Mariselo Morales son una de las especialidades culinarias que prepara en el recinto gastronómico donde se pasa largas horas cocinando las recetas que aprendió en su lejana infancia. Birria, tinga, caldo de albañil, huazontles, chiles en nogada son los nombres de algunos de estos delicados platillos que son ejemplo de la riqueza de nuestra cocina patria, reconocida internacionalmente por su variedad y su gran sazón, sin par en el mundo. Disfruté mi comida, consciente de que tendría que volver a mi escritorio a trabajar en mi plan de exterminio de pecadores.

Finalizaba mi desayuno nocturno cuando mi criado vino a informarme que tenía una visita, por supuesto inesperada. El anuncio me extrañó porque yo no tengo la incivilizada costumbre mexicana de recibir gente en mi casa sin previa invitación. Le pregunté de quién se trataba, pero él no me escuchó porque es más sordo que diputado de pueblo. Repetí a gritos la pregunta y Mariselo Morales me devolvió una mirada elocuente que decía: «Es inútil, estúpido; soy sordo». Me levanté de la mesa, verifiqué frente al espejo la pulcritud de mi aspecto, me sacudí la espesa capa de caspa de los hombros y la solapa del saco, hice un buche rápido de agua de colonia y con paso firme me dirigí hacia la entrada de la casa, donde me esperaba un joven que no reconocí. Me tomó una decena de segundos darme cuenta de que se trataba del muchacho darketo de la noche anterior. Sin aquella indumentaria absurda y con el rostro desprovisto de maquillaje, el jovenzuelo tenía un aspecto que no titubeé en calificar de agradable. Lo invité a pasar a la sala y a señas le pedí a Mariselo Morales que nos trajese café.

El chico, a quien sus padres por alguna razón insensata le habían endilgado el nombre de Yónatan Kevin González, me confesó que había memorizado mi dirección cuando se la di a uno de los empleados del ministerio público en la delegación. Venía a verme por curiosidad, porque nunca había conocido a nadie como yo, dijo. No pude evitar sentirme halagado. Siempre he pensado que es muy importante para un muchacho buscar el consejo de una persona con experiencia en los asuntos complejos de la vida. El inmortal es, de todos los seres que habitan la tierra, quien más experiencia tiene, evidentemente, en toda clase de materias, gracias a su longevidad y a su particular inteligencia y entendimiento de las cosas que aquejan —y alegran, por qué no decirlo— a quienes estamos condenados a habitar este mundo imperfecto.

Pero estas consideraciones, sumadas al sentimiento de agradecida ternura que despertaba en mí la curiosidad de Yónatan Kevin, no fueron suficientes para hacerme ignorar el olor de su cuerpo joven, cuya sangre era justamente lo que yo necesitaba. Una vez finalizado el café, lo invité a pasar de la sala de estar a la biblioteca, donde podríamos hablar de cosas importantes inspirados por mi estupenda colección de primeras ediciones. El esplendor de los miles de volúmenes finamente encuadernados y protegidos detrás de las vidrieras impresionó al muchacho al grado de hacerlo enmudecer. Le pregunté quién era su poeta favorito del siglo XIX, puesto que mi memoria sentimental y literaria aún está felizmente instalada en ese siglo maravilloso que me vio nacer. Yónatan Kevin cometió el error de pronunciar el nombre del coahuilense Manuel Acuña. Ah, ¡la juventud! Edad de juicios apresurados e ignorantes sobre el amor, la política y la literatura. Lo miré fríamente y advertí en su expresión facial arrepentida el reconocimiento de su error. Habiendo tantos poetas notables en el XIX, mi pupilo en ciernes había escogido al suicida norteño que, a los veinticuatro años, en la flor temprana y fragante de la edad, un 6 de diciembre de 1873, arrancóse la vida con un coctel de cianuro de potasio, víctima de la amargura profunda que le trajo una pasión amorosa no correspondida. Su legado, el «Nocturno a Rosario»: un poema bonito, pero de factura menor.

—Yónatan Kevin —dije con alarma didáctica—, tendrías que haber rescatado del parnaso decimonónico el nombre grave de Manuel José Othón, quien en una noche nerviosa como ésta escribiera:

Tras nahuales y brujas, el coyote
aúlla feroz y lúgubre corea
tan monstruoso concierto el tecolote.

Avergonzado, Yónatan Kevin bajó los ojos.

—Pudiste haber honrado la memoria de Darío —dije—, el divino Rubén de exquisitos modales y aliento parisino, quien desde su marmórea sepultura hubiese respondido a tu llamado con el eco de unos versos bien medidos que demuestran que siempre será mejor que se muera la amada antes que matarse, como Acuña, por ella:

Y en una tarde triste de los más dulces días,
la Muerte, la celosa, por ver si me querías,
¡como a una margarita de amor, te deshojó!

»O pudiste haber invocado al bogotano excelso José Asunción Silva —continué inspirado— cuyo «Rosario», éste sí, artefacto de la más pura estirpe maldita, honró a la muerte con potentes y delicados versos:

Sentí frío; era el frío que tenían en tu alcoba
tus mejillas y tus sienes y tus manos adoradas,
entre las blancuras níveas
de las mortuorias sábanas.
Era el frío del sepulcro, era el hielo de la muerte
era el frío de la nada.

»Te olvidaste, darketo imberbe —dije con énfasis lírico—, de nuestro Amado Nervo, el nayarita eximio cuyo misticismo de beato no le impidió acercarse al mundo con la voluptuosidad del hombre para escribir en necrófilos versos:

¿Mi secreto? ¡Es tan triste! Estoy perdido
de amores por un ser desaparecido,
por un alma liberta,
que diez años fue mía, y que se ha ido…

¿Mi secreto? Te lo diré al oído:
¡Estoy enamorado de una muerta!

»¿Y Lugones? —pregunté—. El rioplatense suicida que engrandeció su autoexilio de la vida porque su legado perdura en la eternidad acuática de endecasílabos húmedos como estos:

Palpitando a los ritmos de tu seno,
hinchóse en una ola el mar sereno;
para hundirte en sus vértigos felinos
su voz te dijo una caricia vaga,
y al penetrar entre tus muslos finos,
la onda se aguzó como una daga.

»Finalmente, amigo de afición gótica errada —le reproché—, pudiste haber invitado a este recinto de sabiduría la dramática figura de nuestro joven abuelo Ramón López Velarde, cuyas rimas vigesémicas nos dieron música de las tinieblas como ésta:

Me embozo en la tupida oscuridad, y pienso
para ti estos renglones, cuya rima recóndita
has de advertir en una pronta adivinación
porque son como pétalos nocturnos, que te llevan
un mensaje de un singular calosfrío;
y en las tinieblas húmedas me recojo, y te mando
estas sílabas frágiles en tropel, como ráfaga
de misterio, al umbral de tu espíritu en vela.

»Pero elegiste a Acuña —concluí con un suspiro.
El vampirete falso se retorcía las manos.
—¿Cuántos años tienes, muchacho? —pregunté.
—Dieciocho —respondió.
—Bien, ya es hora de que comiences a leer a los grandes poetas.

Entonces, en un arranque de generosidad, decidí que por el momento no convertiría a ese muchacho en alimento y busqué en mis estantes alguna antología de poesía hispanoamericana para obsequiársela. Encontré sin dificultad una edición barata de la que no me dolería desprenderme y la puse en sus manos, no sin antes abrirla al azar y leerle en voz alta el poema que apareció ante mí como una señal del destino: el «Nocturno» de José Asunción Silva. Pensé en Isabel, mi amada inmóvil, quien, de haber sido testigo de la escena, sin duda hubiese comentado: «Tenebroso, eres sangrón y retrógrado como bardo de aldea».

Yónatan Kevin, visiblemente conmovido, me agradeció el regalo. Yo le dije que tenía cosas que hacer y le pedí que la próxima vez que quisiera visitarme anticipase su visita con una llamada telefónica. El chico se disculpó y yo lo acompañé hasta la puerta con la satisfacción socrática de haber cumplido un deber —¿pedagógico? ¿paternal?— que mi alma anhelaba experimentar y que me confirmó que en algún momento tendría que satisfacer mi deseo cada vez más apremiante de formar mi propia familia y procrear un hijo.

FORMAS DE LA GLORIA

«La soledad del inmortal es como la soledad del exterrado.» Pensé esto, pero dije:

—La soledad del artista es como la del muerto.

Max me miró con simpatía y me apretó el brazo a la altura del bíceps:

—Ya no se me ponga sentimental ni se me achicopale, ese mi conde.

Estábamos en el velorio de nuestro amigo Pascual Toribio Bruma, el poeta deprimido (valga la redundancia), que se había suicidado dos días antes tirándose desde la azotea de un hotel por el rumbo de Mixcoac. Todo por una mujer ladina.

En vida, Bruma, también conocido como el Pato, había sido un poeta postinfrarrealista de treinta y cuatro años que odiaba con pasión a los poetas neobarrocos en general, a los intelectuales criollos en particular y a los novelistas consentidos del gobierno que andaban siempre de traje. Su vida, como la de muchos otros cazadores de relámpagos, había sido perseguida por la mala suerte y empeorada por sus decisiones. La primera de ellas, la de haber querido ser poeta. La segunda, la de haber optado por la tendencia más radical y menospreciada de la poesía contemporánea, el postinfrarrealismo, invento suyo. Su mismo acto final había sido estropeado por la mala fortuna: el vuelo rumbo al infierno de la nada que comenzara en la vulgar azotea de aquel hotel barato, en vez de concluir sobre el cemento piadoso de la acera, terminó sobre el lomo huesudo de un perro de exposición campeón, el galgo frágil de una señora rica que estaba haciendo su ejercicio matinal y que sirvió para amortiguar de manera fortuita la caída final del autor de dos poemarios de aliento exquisito, *Triángulos concéntricos* y *Canéforas difuntas*, así como de un lúcido ensayo sobre la identidad nacional titulado *¿Somos o nos parecemos?* El espectáculo atroz de perro y poeta sufriendo espantosa agonía le produjo a la señora tal impresión que sucumbió allí mismo, presa de un infarto que acabó con su vida privilegiada. Como si el primer choque fatal de ambos destinos no hubiese sido suficiente, ahora los dos cuerpos eran velados en salas contiguas en la casa fúnebre Gayosso de la calle Sullivan.

La nota que Pascual Toribio dejó sobre el buró del cuarto del hotel junto a la parafernalia propia de un suicida chilango postinfrarrealista —botella de tequila vacía, vestigios de marihuana sobre un libro de Jack Kerouac, un poema mecanografiado de su difunto amigo y mentor Mario Santiago, cajetilla de cigarros Delicados sin filtro, caja de pizza Domino's vacía y foto ajada de la amante infiel— contenía una sola pregunta: «¿Estaré?». El mensaje final era enigmático. Juramento Casto dictaminó:

—Pinche Toribio, mamón hasta el final.

—No me extraña —dijo Max—, Bruma era un cabrón al que le gustaba llamar la atención.

Por esta razón, supuse yo, nadie le había hecho caso dos meses antes cuando en una borrachera maratónica el ahora difunto se levantó de su silla en la cantina y proclamó con solemnidad: «Mañana mismo me mato». Todos volteamos a verlo, pero nadie se mostró demasiado sorprendido. Casto le exigió que no dijese «pendejadas morbosas». Max lo abrazó y, tratando de restarle seriedad a su declaración, le hizo algún chiste que no era irrespetuoso, sino que simplemente intentaba diluir un poco su amargura. Todos conocíamos el motivo de su depresión: su novia, Maruja Jocoque, había decidido terminar su relación amorosa y literaria con el bardo para convertirse en la amante de un novelista burócrata que dirigía una de esas instituciones universitarias o gubernamentales que administran la cultura en México. Su propósito era, según las malas lenguas, puramente utilitario: Maruja quería obtener, gracias a la influencia de su querido, una beca del gobierno, invitaciones a leer en casas de la cultura como las de Cuajimalpa y Milpa Alta, viajes pagados a congresos de poetas en el extranjero y esa clase de privilegios propios de los consentidos de la burocracia culturosa mexica. Maruja Jocoque (mejor conocida como Maruja la Piruja) era una poeta poblana con la reputación deseable de estar «muy buena», como se dice por aquí, y la indeseable de ser una mujer ligera que se había acostado con cuanto fulano había publicado un libro en México. Tenía, además, la triste fama de escribir los poemas más horribles de toda Hispanoamérica, peores que los de Gabriela Mistral, que ya es decir una cosa exagerada.

—Bruma, carajo —le aconsejaba Max—, no vale la pena, hombre. La Maruja es una puta: con la excepción de Juramento Casto y el conde, aquí ya todos nos la cogimos, a todos nos dedicó poemas horribles y, por si eso fuese poco, acuérdate, pinche Pato, de que publicó en su columna del *Excelsior* sus memorias del pito literario mexicano sin siquiera molestarse en cambiar los nombres de sus víctimas. Por otra parte —decía Max tratando de sacar a Pascual Toribio de su negro estado de ánimo, pero empeorándolo quizá a propósito porque también podía ser muy perverso—, el consenso de la raza es que ni siquiera coge bien, Pato. Se echa en la cama y se queda tiradota ahí nomás, toda catatónica como si estuviera muerta o se hubiese quedado jetona. La verdad —concluyó Max—, una mujer así da más güeva que ganas; date de santos que la perdiste.

Casto y yo escuchábamos todo esto sin dificultad porque a esa hora ya nada más quedábamos nosotros cuatro en nuestra mesa del bar, además de los meseros resignados que nos maldecían en silencio. Pascual Toribio se calmó un poco, pero yo identifiqué en sus ojos el brillo premonitorio que hacía evidente que el suicidio era cosa de días o semanas. Casto presenciaba impaciente el drama, fumando con gestos de irritación y resoplando como toro de lidia recién banderilleado.

El juglar postinfrarrealista no se mató al día siguiente, pero después de ese primer anuncio la autopublicidad de su suicidio se hizo crónica. Se embriagaba de manera irresponsable, lloraba con las canciones de Perales y Sabina, buscaba pleitos con propios y desconocidos y mortificaba con su actitud a las chicas, que ya no querían salir con nosotros si él formaba parte de la comitiva de Max. Salvo las vampis, que en un gesto de solidaridad sexual se acostaron con él una noche de copas en que se les ocurrió que lo que el poeta necesitaba era nalga, no amor, y que una dosis saludable de sexo entre amigos alejaría sus pensamientos de la novia disoluta. Sin embargo, el *ménage à trois* de Pascual Toribio y las vampis no sirvió más que para darle material bufo a Max, que hizo chistes sobre la situación y payaseó por un par de semanas: se levantaba de la silla gritando que se iba a matar y a continuación se bajaba el cierre de la bragueta pidiéndole a las vampis que lo consolaran.

A un cierto punto, consciente de que la muerte de nuestro amigo ya era inevitable, Max propuso que hiciéramos una quiniela para apostar cómo, cuándo, dónde y a qué hora se llevaría a cabo el anunciado suicidio del poeta. A todos nos encantó la idea. La quiniela, que Juramento Casto diseñó en su computadora porque, además de listo y culto, era un *nerd* y un mago de la computación, decía:

Gran quiniela cantinera del suicido de Pascual Toribio Bruma:
1) Fecha aproximada.
2) Modo: gas, fusca, reata, navaja de afeitar, Torre Latinoamericana, chochos, lago de Chapultepec, chupe, coca, metro, periférico, etcétera.
3) Tipo de nota suicida: poema, prosa poética, epístola, fábula, ensayo.
4) Valor literario de la nota, etcétera.

Cada una de las categorías tenía un determinado número de puntos. El ganador, aquél que acumulara más puntos, bebería y comería gratis durante un mes a expensas de los perdedores.

Max aprovechó la crisis de nuestro amigo para soñar con otro proyecto de novela que jamás escribiría: la historia de un poeta llamado Avelino Concha (bautizado así en honor del bardo ilustre Avelino Pilongano), que estaba enamorado de una poetisa poblana de cascos ligeros. Cansado de las infidelidades de Roxana Cachucha, Avelino Concha tomaba la drástica decisión de suicidarse. Casto dijo:

—No mames, pinche Max. Ésa es la historia del Pato.

—Sí —dijo Max—, pero hay una diferencia importante: en mi novela la protagonista es una gran poeta y Avelino, que antes que amar a su novia ama la poesía mexicana, decide sacrificarse y convertirse en un cornudo voluntario, ya que cada vez que la Roxy se acuesta con algún cabrón escribe un gran poema. No estoy hablando de un buen poema, carnalito, estoy hablando de un Gran Chingoncísimo Poema de la talla de «Muerte sin fin» o «Piedra de sol».

»Por esta razón —continuó Max convencido de que la novela podría ser un *best seller*—, Avelino se da cuenta de la importancia del culo extraordinario de Roxana para el progreso de la poesía nacional, y a partir de ese momento revelador se dedica como ferviente proxeneta literario a buscarle amantes a su novia.

Casto dijo:

—No sé cómo le haces para que se te ocurran tantas pendejadas, Max. Hazme el chingado favor: «ferviente proxeneta literario». No mames.

Yo no dije nada porque pensé que si Max la escribía podría llegar a ser una gran novela, aunque en el fondo estaba seguro que nuestro amigo jamás cumpliría con su frívolo proyecto.

Durante el velorio hubo dos momentos inolvidables. El primero tuvo lugar cuando el marido de la señora burguesa, ebrio de dolor y whisky, irrumpió en el velatorio donde la familia del poeta acompañaba a su muerto y procedió a insultar a gritos al cadáver del poetastro ante la mirada estupefacta de los presentes. «Muerto de hambre, naco jodido, pinche indio toluco patarrajada, gargajo cuautitlanense...», y otras cosas feas y nada delicadas le espetó el nuevo rico al sordo féretro donde Bruma reposaba ajeno a su ira, en la sublime indiferencia de los muertos. Los cinco hermanos del poeta y una media docena de familiares se le echaron encima al viudo racista con la intención de lincharlo, indignados ante tamaño acto de irreverencia y profanación, mismo que yo consideré poco oportuno y majadero pero muy justificado, puesto que el egoísmo del suicida había dejado al pobre señor sin mujer y sin perro. Pero el burgués, como todo rico mexicano, venía rodeado de guardaespaldas que para protegerlo sacaron a relucir tremendas armas de fuego ante la mirada horrorizada de las señoras y el entusiasmo comprensible de los niños presentes. Cuando se logró controlar la situación y algunos alarmados parientes del señor se lo llevaron de vuelta a su propio velatorio, a la güila de Maruja la Piruja se le ocurrió aparecerse acompañada del novelista burócrata cincuentón. Casto se puso fuera de sí y fue a decirle que, además de «puta y mala poeta», era una desconsiderada porque esas «chingaderas» no se las merecía el pobre idiota que se había matado por culpa de su «libido irresponsable y desenfrenada». Maruja respondió en su defensa que había escrito un poema que venía a leerle a Pascual Toribio como último tributo. El título infame del desdichado poema era «Elegía nocturna al poeta desaparecido». Maruja dijo que era su «ópera magna» porque había sido «parido en el *vortex* mismo del arrepentimiento y el amor». En ese momento la madre de Pascual se desmayó y Maruja interpretó esto como un signo propicio para comenzar la lectura del poema. Por supuesto, no lo alcanzó a leer, porque uno de los hermanos de Pascual Toribio dio un salto de ninja tlaxcalteca, propinándole tal patada en la panza a la poeta que la lanzó al menos tres metros en el aire. Volvió a armarse la rebambaramba y en ese momento

Max y yo decidimos abandonar la casa funeraria para irnos a caminar en busca de un poco de paz y de sosiego espiritual.

Nos sentíamos apesadumbrados porque, además de haber tenido que testimoniar tanta violencia insensata, ninguno de los dos había ganado la quiniela. Max había apostado metro sin nota suicida, yo una combinación de chochos y cocaína con poema. Max dijo:

—A nuestro Pato Bruma lo mató el suponer que con su muerte castigaría a Maruja. Si lo piensas, el suicidio es con frecuencia una manifestación extrema del orgullo.

Consideré entonces que, si eso era cierto, gracias a la acción de Pascual Toribio Bruma la ciudad tenía un soberbio menos y yo me podía olvidar del pecador número uno de mi lista.

«Cuando un pecador muere, con él muere el pecado», pensé, y dije en voz alta:

—Qué manera más absurda de morir, ¿no te parece, Max?

Max respondió:

—Sí, querido conde, pero acuérdate de aquello que escribió Rodolfo Usigli: «Ningún hombre muere sin conocer alguna forma de la gloria».

LA EDAD

Mientras tanto, en Ciudad Gótica, Isabel Tallulah, condesa de Dom Pérignon, descubría en su cabellera la primera cana. El acontecimiento fue tan sorpresivo e indignante que al día siguiente, en el paroxismo de la angustia femenil, Isabel se encontró la segunda, que sin duda fue consecuencia de la tremenda impresión que le causó el descubrimiento de la primera.

Qué misterio tan poco interesante, el de la edad. Dicen aquellos mortales que han llegado a la edad de la ruina física que el envejecimiento del cuerpo, y en ocasiones el del espíritu, es un proceso paulatino que pasa desapercibido para quien lo experimenta. Yo no lo sé. Según Juramento Casto, que es experto en pormenores del oficio del vivir humano, hacerse viejo no es un proceso paulatino. «Uno envejece», afirma Casto, «de la noche a la mañana y sin el amable aviso de Cronos, rencorosa deidad del tiempo. Ese día fatal uno se levanta con un poco más de dificultad y quejándose, como ya se ha vuelto costumbre, del colchón, que dejó de ser lugar de reposo para convertirse en potro de tortura y chivo expiatorio de los huesos dolidos. Uno se para frente al espejo a cepillarse los dientes torcidos y descubre que algo indeseado, brutal, kafkiano y traicionero le sucedió en las horas de la noche ida al rostro del desconocido que nos mira desde la superficie del espejo. La frente de ese monstruo se convirtió en una costra seca llena de surcos y rajaduras profundas. Los ojos perdieron su transparencia y su luz, y un velo sucio cubre la retina. El blanco del iris, antes inmaculado, sufre la afrenta de una nata viscosa que le da a ambas ventanas del alma el aspecto inquietante de charcos de agua puerca. Las mejillas se cubrieron de lunares y manchas que el día anterior no existían y sus músculos, ayer firmes, caen sobre las comisuras de la boca, víctimas de la ley de gravedad y de la falta de tono. Los dientes adquirieron el color de los huesos de un perro atropellado y dejado a pudrir en un lote baldío, mientras que el aliento emite ese mismo olor innoble. Los labios carnosos, que antes invitaban al beso travieso y dulzón y a la mordida pícara, son ahora el escaparate en forma de mueca de la bilis derramada, del egoísmo y la crueldad, así como de las injurias y traiciones recibidas a lo largo de una vida insatisfecha. Los vellos nasales, que durante décadas trataron de proteger en vano a los pulmones de la contaminación urbana, crecieron de manera grotesca y se escapan, gordos y rebeldes, de la nariz, que por su parte comienza a adquirir la apariencia bulbosa de un camote. Las orejas crecieron sin aviso y de su centro laberíntico, así como de sus bordes, otros pelos tan irrespetuosos como los nasales se asoman como espinas negras de un chayote funesto», dice el iracundo ensayista.

Juramento Casto sabe que esta imagen morbosa de la ruina y la decadencia física es su destino inexorable como humano, y esto lo angustia. Su descripción de los horrores de la edad es consecuencia de su miedo obsesivo a envejecer. Para él cada día que termina es un escalón más en su descenso inexorable hacia la tumba. También es resultado, me parece, de la depresión aguda que le ha producido el no poder concluir su novela, esa no-novela casi legendaria que ya nadie menciona para no herir sus sentimientos. La incapacidad de escribir, el silencio literario y la catatonia creativa se han transformado en una especie de terror metafísico que mi amigo enfrenta todos los días de su vida. Casto ve en todo esto el signo inequívoco del fin. Yo también.

Isabel, por su parte, no vio nada que se pareciera remotamente a estos castos horrores en su Nueva York distante porque a sus ciento cincuenta años, que en edad humana serían aproximadamente veintiséis, todavía era joven y bella. Cuando se encontró esa cana, Isabel no descubrió un rostro decrépito en su espejo ni observó ninguna de esas deformidades típicas de los mortales. Pero aunque su rostro siguiese conservando la frescura de su edad temprana, Tallulah no dejó de intuir que ese solitario cabello irreverente anunciaba el principio de una tragedia inevitable. Era, pensó, la evidencia concreta de que tarde o temprano llegaría el colapso. Y fue esta certeza la que violentó su estado de ánimo de tal manera que decidió llamarme a mí —y no a Pancho Pitone, ojo— para lamentarse de ese aviso atroz. «Esto», me dije, «es muuuy interesante». Especulé que aquello que provocó semejante pánico en el cerebro febril de mi prometida fue la sospecha de que con la primera cana vendrían también los primeros grumos de celulitis en los glúteos y los muslos, la primera arruga en el labio superior y la primera pata de gallo alrededor de los ojos. La brutal presencia de ese pelo blanco desconcertó, friqueó, alarmó, humilló, descontroló, escandalizó, ofendió, enfureció y finalmente deprimió a Isabel más que ninguna otra cosa en su existencia. Sintió por primera vez el rigor del latigazo injusto de la edad y reaccionó como las mortales que a esa edad todavía son solteras: con el miedo, la angustia y el zumbar de oídos ante el Campanazo Ensordecedor del Reloj Biológico. A continuación querría un hijo. ¡Eureka! Quise creer que esas noches solitarias en Manhattan viendo *Sexo en la ciudad* sumadas a la cana habían tenido algo que ver con su repentino cambio de actitud. Sin embargo, debo confesar que no todo fue alegría, porque la madrugada que me llamó para comunicarme la nefasta aparición de la cana, no pude evitar sospechar que Isabel comenzaba a presentar de manera prematura el primer síntoma fatal de una enfermedad que anunciaba el principio de la destrucción de su cuerpo. Esta sospecha fue el resultado de un hallazgo: había descubierto unos días antes un documento valiosísimo, al que llamaré a partir de ahora Códice Acosta, en el sótano de mi propia casa. Les cuento.

La semana anterior mi fiel mayordomo buscaba una botella de vino que yo había comprado décadas atrás, cuando en un rincón lúgubre y húmedo del sótano se topó con un cofre olvidado, cubierto de telarañas y polvo. Instado por él, bajé a examinarlo y para mi sorpresa encontré en su fondo mohoso una caja de laca de Olinalá muy antigua y finamente labrada que contenía unos papiros antiguos. En cuanto los pude examinar me di cuenta de que tenían siglos de edad y de que parecían ser únicos en su género. Se trataba de un códice. Ninguno de aquellos códices que los españoles robaron de nuestros templos y terminaron en las manos de coleccionistas privados o en las arcas de museos de Europa y los Estados Unidos contenía la información sobre los cihuateteos mexicanos y los ritos de brujería prehispánica que el mío detallaba. El Códice Acosta —no pude resistir la justificada tentación de darle mi noble apellido— resultó ser una guía elaborada por los sacerdotes de Quetzalcóatl, la famosa Serpiente Emplumada, enemigos enconados de los seguidores de Tezcatlipoca el Oscuro, nuestro protector, concebida para destruir a aquellos de mi especie. Los sacerdotes de la serpiente, después de muchos años de pérfido trabajo, habían concebido un proceso ritual que servía para matar nahuales, cihuateteos e inmortales prehispánicos. Para entender su valor podríamos decir que este códice era el equivalente en la cultura azteca del infame *Malleus maleficarum*, que fue publicado originalmente en Europa en una era oscurantista, 1487 para ser exactos, y sirvió para que los siniestros ministros del Santo Oficio exterminasen a miles de brujas y herejes. El *Malleus maleficarum* fue directamente responsable del exterminio de muchos de los nuestros, así como de miles de mortales inocentes en ambos lados del Atlántico.

El raro documento prehispánico era parte del legado material de mi abuelo, un legado tan grande que yo apenas había podido cuantificar. Supongo que este valioso papiro no había sido destruido porque mi noble ancestro quería que yo lo encontrase en algún momento. Me imagino también que lo debe de haber conseguido con gran esfuerzo, puesto que tuvo que estar guardado y vigilado con gran celo por nuestros enemigos naturales: los sacerdotes de Quetzalcóatl primero y después por los miembros de la corrupta Iglesia española, si es que acaso supieron de su existencia, cosa que dudo pero no descarto por completo. Durante largas y fatigosas jornadas estudié con esmero el atado de papiros. No fue fácil desentrañar su mensaje porque estaba cifrado de tal manera que únicamente los miembros más instruidos de nuestra tribu serían capaces de descubrir sus claves secretas, pero mi dedicación se vio premiada con el descubrimiento de su terrible secreto.

El día que concluí la traducción de los glifos misteriosos al castellano fue uno de los más oscuros de mi vida; me di cuenta de que aceptar su verdad era reconocer la condena a muerte de los míos. Su contenido me heló la sangre porque guardaba un secreto espeluznante: de acuerdo con sus enunciados, al inmortal mexicano, o cihuateteo, únicamente se le podía destruir con la misma sangre que le daba vida. Los sacerdotes de Quetzalcóatl habían tenido el tino de descubrir que, a medida que el inmortal consumía sangre, su sistema inmunológico —como diríamos nosotros, los modernos— se adulteraba y comenzaba a adquirir características humanas, es decir, se desintegraba y corrompía. Esto no sucedía de manera inmediata; muchos años tenían que pasar para que esa corrupción comenzara a hacerse evidente. De acuerdo con el códice, el proceso de humanización del cihuateteo era directamente proporcional a la cantidad de sangre humana que consumía. Mientras más insaciable y cruel fuese el inmortal, más rápidamente se manifestaban en su cuerpo los síntomas de la metamorfosis. Un dato estremecedor era el que revelaba que, con la contaminación del cuerpo inmortal, su alma se iba mortalizando gradualmente, en una conversión doble del cuerpo y del espíritu. Sólo aquellos vampiros que tenían la prudencia o el instinto de reducir a un mínimo su ración de sangre humana tenían la posibilidad de gozar vidas centenarias.

Recordé que los vampiros más despiadados, lujuriosos e insaciables invariablemente vivían poco. Si el Códice Acosta tenía razón, la muerte prematura de mis parientes más crueles había sido el producto natural de sus excesos. Si esto era cierto, podía entonces especular que el descubrimiento azteca no se había extendido al viejo mundo y que por ende las tribus de inmortales que lo habitaban jamás tuvieron conocimiento de estos documentos. Los inmortales de Europa, los vampiros, que todo lo veían desde un punto de vista romántico o intelectual, pensaban que aquello que los destruía era el simple curso de la historia y el paso del tiempo, las nuevas maneras de vivir de los humanos, el progreso y la tecnología. Aquellos vampiros europeos, y posiblemente también los de Oriente, que junto al inmortal azteca eran los más antiguos del planeta, se convirtieron finalmente en una víctima más de la superstición de la modernidad. Mientras tanto, el cihuateteo mexicano había decidido de manera sabia que si quería sobrevivir, tendría que hacerlo del modo más discreto posible dentro de un margen de libertad muy reducido, impuesto primero por tres siglos de colonización brutal y vasallaje y después por la manera estúpida en que los mexicanos, una vez liberados del yugo de la corona española, decidieron exterminarse a sí mismos como nación y pueblo con guerras internas y un instinto incontrolable de autodestrucción.

La sencilla lección que ahora había llegado a mí, gracias a la visión de mi abuelo, era que a nuestra raza la destruyen su apetito y su sed desmedida. Me di cuenta de que muchos de nosotros no habíamos disfrutado de la sangre como una fuente de vida sino como una droga. Mientras más sangre humana bebíamos, más nos parecíamos a los humanos con sus debilidades, sus enfermedades, sus prejuicios, su vanidad y su necia voluntad de autoinmolación. Don Férreo Torquemada y López llegaría a una conclusión parecida siglos después. «Al inmortal lo mata la vida, no la muerte», me dije incrédulo. «Y eso, amada Isabel», quise decirle cuando me volvió a llamar al día siguiente, «es lo que te está pasando».

—¿Por qué demonios no me dices nada, Tenebroso? ¿Que no entiendes lo que esto significa? Me están saliendo CANAS —aulló frenética Isabel Tallulah al otro lado de la línea.

Pero yo no podía decirle nada, porque la amo y el primer deber de una persona que ama a otra, aunque sea de esa manera tan peculiar de amarnos que tenemos los inmortales, es protegerla, protegerla de la verdad y del dolor. Los humanos creen que amar a otra persona es intentar hacerla feliz sacrificándose por ella, pero eso una ilusión absurda porque la verdadera felicidad no puede depender sino de uno mismo. Nadie puede hacer feliz a nadie, pero sí puede protegerlo. Si yo le hubiese comunicado a Isabel Tallulah la causa de mi temor, el resultado pudo haber sido devastador. Los excesos de Isabel, que ya he mencionado, eran para ella cosa normal. Desde hacía más de cuarenta años Tallulah y Pancho Pitone aceleraban su condena gracias al contexto de decadencia absoluta propio de un lugar frívolo como Nueva York. Los americanos habían finalmente concebido y manufacturado un tipo de exceso moderno que únicamente podía ser comparado con aquél de las clases dominantes en imperios como el romano o el azteca antes de su derrumbe. En aquel país primitivo, una gran parte de la riqueza producida se destinaba al consumo irrestricto de lujos. Bastaba abrir las páginas de revistas como W, *Vogue* y *Vanity Fair* o darles una hojeada a los miles de catálogos que llegaban a las casas de los miembros de sus clases media y alta para darse cuenta de que los americanos se habían convertido, al final del famoso «siglo americano», en un pueblo insaciable que se dedicaba a chuparle la sangre al resto de la humanidad, consumiendo cuanta cosa les parecía indispensable en su compulsiva necesidad de comprarse ropa, juguetes electrónicos, autos, perfumes, objetos de arte, hijos chinos y africanos, etcétera. A principios de milenio los gringos creían que todos y cada uno de ellos, sin importar que sus bolsillos no se lo permitiesen, se merecían vivir disfrutando los mismos lujos que los millonarios que veían en la televisión.

El estilo de vida de los magnates vulgares de quienes se rodeaban Isabel y Pancho había influido considerablemente el suyo. Por otra parte, la sangre con la que se embriagaban, ese champán escarlata de la muerte, había acabado por transformar su personalidad, debilitándoles el carácter y el espíritu. Estaban contaminados de tal manera que sus cuerpos y sus mentes estaban ahora amenazados por un envejecimiento prematuro. Mi esperanza era que no fuese demasiado tarde para mi *donna mobile*. El futuro de Pancho me importaba un bledo. Uno se preocupa nada más por los que quiere.

—Pero ¿es que no entiendes, Tenebroso, ranchero egoísta, que esto significa que se me van a caer el culo y las tetas?

La angustia de Isabel reflejaba la realidad de que, a diferencia de las mortales, ella no podría recurrir a los artificios de la cirugía plástica. No había cirujanos plásticos para inmortales porque históricamente nunca hemos necesitado recurrir a ese tipo de engaño estético. Otro riesgo era que Isabel optase por automedicarse, es decir, por sacrificar más doncellas al peor estilo Bathory, con la creencia peligrosa de que esa sangre le devolvería la juventud que comenzaba a desvanecerse ante sus ojos. «El efecto», pensé con un estremecimiento, «sería exactamente el opuesto. Su sangre se envenenaría aún más y el proceso irreversible de envejecimiento se precipitaría».

Estas reflexiones me hicieron recordar que, dentro del nuevo género televisivo llamado *reality show*, uno de los programas más exitosos era el que se ocupaba precisamente de la cirugía plástica. La mayoría de las mujeres de los suburbios del imperio americano, desesperadas por lucir como estrellas de cine o modelos de revista de peluquería femenina, hipotecaban sus casas o chantajeaban emocionalmente a sus maridos para someterse a las operaciones más dolorosas y absurdas en nombre de una ficticia juventud eterna. Los más exitosos tenían lugar en los lujosos consultorios de doctores mercaderes (valga la redundancia) de Beverly Hills. A ellos acudían las esposas de los ricachones de Los Ángeles para instalarse balones de futbol en los senos, estirarse la cara como tambora de banda sinaloense y alterarse las facciones para eliminar las narices aguileñas propias de su herencia genética o de su etnia. Todas trataban de parecerse a Pamela Lee Anderson, aunque ésta fuese un ejemplo irónico de belleza artificial, porque la voluptuosa rubia a quien siempre ha intentado parecerse es a la muñeca Barbie. Uno de estos programas había llevado la honestidad a su extremo más fascinante: el nombre de este *show* era *Quiero una cara famosa*. En el único episodio que vi una tarde de insomnio, un jovencito latino le imploraba al cirujano que le manufacturase una cara idéntica a la de Ricky Martin para poder conquistar el amor de una amiga reticente. El indigno discípulo de Hipócrates realizó dolorosas y costosas operaciones a lo largo y ancho del rostro indígena del chico, quien luego de unas semanas de convalecencia no había logrado convertirse en el hermano gemelo del cantante: su cara seguía siendo mediocremente «normal», pero ahora carecía de carácter, había perdido la gran personalidad que tenía antes de la operación. Para un purista como yo, el panorama de la decencia humana era negro en una cultura donde la expresión más alta del capitalismo en proceso de descomposición era la consecución sin concesiones de absolutamente cualquier cosa deseable. Lamentablemente no podía discutir nada de esto con mi amada. A principios de siglo cualquiera que pudiese escribir los cheques podía comprarse hasta una cara famosa en los Estados Unidos. Menos Isabel.

Pensé entonces que tal vez yo podría encontrar la fórmula de su salvación en el día mismo de su nacimiento. El santoral de la Iglesia católica, ya lo he explicado, ofrece un acercamiento racional, científico, e incluso poético al origen y al destino de un individuo. Con el propósito de obtener alguna clave sobre el futuro incierto de Isabel, consulté mi ejemplar finamente encuadernado de las *Vidas de los santos*.

Isabel nació un 4 de diciembre, día de santa Bárbara mártir. Isabel ciertamente era una bárbara en el sentido figurado de la palabra y podía comportarse como una salvaje. Pero ¿una mártir? «Dúdolo», me dije. Continué leyendo y me enteré de que santa Bárbara es la patrona de una variedad de oficios interesantes: armeros, fundidores, mineros, artilleros, bomberos, soldados y pirotécnicos son todos sus protegidos. Hasta ahí todo me sonaba a cosa lógica y normal conociéndola como la conozco: de acuerdo con el libro, Isabel tenía un carácter decididamente metalúrgico. La santa se representa como una figura con un manto rojo, el cáliz de la sangre de Cristo, la rama de olivo, corona y espada, todos símbolos inconfundibles del martirio. Otra de sus virtudes es que, una vez invocada, la santa protege a sus fieles contra el rayo, el fuego, la muerte repentina y la impenitencia.

¿Qué le pasó a santa Bárbara? Nació en pleno siglo III de la era cristiana, que fue un siglo muy difícil para los seguidores de las enseñanzas de Cristo, quienes eran perseguidos por la justicia como si fuesen fundamentalistas musulmanes o trabajadores mexicanos indocumentados. De acuerdo con una versión más o menos popular, el pagano Dióscoro, su padre, la encerró desde muy corta edad en su castillo para proteger su pureza. La celda estaba rodeada de jardines maravillosos donde ella recibía visitantes distinguidos, oradores, poetas y filósofos, que la instruyeron en sus artes y le revelaron «el secreto de todas las cosas». El resultado de estas enseñanzas fue contrario a los deseos de su progenitor: la doncella se dio cuenta del sinsentido del politeísmo y decidió convertirse a la fe cristiana. Cuando Dióscoro se enteró de que su hija había conservado intacta su virginidad con el único propósito de ofrendársela al Señor de los cristianos y había destruido los ídolos paganos que tenía en su habitación, montó en cólera y la entregó para que fuese castigada a un prefecto famoso por su crueldad. Bárbara fue torturada, su cuerpo desgarrado con garfios. Su padre, en el colmo del amor paternal extremo, se reservó el privilegio de matarla, acción que ejecutó decapitándola con un hacha. «Éste es el signo que marca el día en que nació Isabel», reflexioné bastante confundido. «Alguna conclusión puede obtenerse de esta señal en su destino. En este ejemplo de virtud se oculta algún mensaje. O quizás ninguno», temí. Después de todo, Isabel era cualquier cosa menos una mártir. A menos que sus propios excesos pudiesen llegar a convertirla en candidata al patíbulo de la justicia humana. La única conclusión que pude obtener de este experimento extraño fue que a veces las historias no significan nada.

JURAMENTO CASTO

La cacería de pecadores me hizo sentir como si estuviese protagonizando una película. Me sentí como Morgan Freeman en *Se7en*, la película que mi actor de cine favorito hizo con el distinguido filántropo americano Brad Pitt. En ella Freeman y Pitt son dos detectives a la caza de un criminal brillante quien, como yo, tuvo la gran idea de ponerse a exterminar pecadores. «Qué fastidio», pensé. «Ya no hay ideas originales. Siempre hay una película que se nos adelanta. No es suficiente que el cine haya invadido nuestros sueños y nuestros pensamientos. No basta con que los humanos se comporten como si estuviesen actuando en una película, convencidos de que el culebrón de sus vidas va a tener un final feliz. Además de eso, los guionistas, todos ellos poetas frustrados y novelistas mediocres, nos han robado cuanta trama se nos pudiese ocurrir.» Ni siquiera yo, un inmortal, era inmune a esa desgracia.

Como no tenía deseos de amargarme pensando en esas cosas, salí a dar un paseo y caminé las pocas cuadras que separan mi casa de la hermosa avenida de los Insurgentes. Al llegar a ésta, abordé un taxi, no sin cerciorarme de su legitimidad, y le pedí al chofer que se dirigiese al norte, en dirección al centro histórico de la ciudad, ese imán de mis pasos. Comenzaba a oscurecer y el tráfico era pesado porque a esa hora muchos empleados y burócratas abandonaban los inmuebles donde ejercían sus oficios. Refugiado en el anonimato del taxi observé los rostros de mis conciudadanos. Ninguno de ellos parecía sufrir del cáncer de perversidad que aqueja a los humanos. ¿Dónde estaban los soberbios, los egoístas, los lujuriosos? Me era imposible leer en las caras las virtudes y los defectos. ¿A quién castigar por su impureza, a quién reconocerle su honestidad? Solamente a través de sus actos, me dije, podría enterarme de sus pensamientos y sus intenciones. Todos los rostros son máscaras.

Me sentí solo. Me sentí invadido por un sentimiento de melancolía. Sentí el deseo profundo de tener a alguien con quien compartir mis dudas y mis temores. Comprendí entonces que la sangre de los hombres y las mujeres de esta ciudad había comenzado a humanizarme. Sentí por primera vez el peso asfixiante de la soledad humana. Sin embargo, no sentí tristeza, apenas resignación por lo inevitable. Le pedí al taxista que en vez de ir al centro me llevase a la colonia Roma. Buscaría un amigo con quien hablar de éstas y otras cosas que en ese momento consideré urgentes. Por primera vez no pensé en Max, sino en Juramento Casto, así que lo llamé por teléfono y le pedí que se reuniese conmigo en su cantina acostumbrada.

No he hablado de él con el detenimiento que se merece. Juramento Casto es uno de los intelectuales mexicanos más talentosos que yo conozco, pero pocos en este medio literario tramposo se han dado cuenta de ello. Mi amigo llegó a la Ciudad de México procedente de la antigua ciudad de Morelia hace más de una decena de años, a estudiar una maestría en el Colegio de México. A los pocos meses de haber comenzado sus estudios, los abandonó ante el desconcierto y el pesar de sus familiares y amigos. En Morelia, capital mundial de la charanda, Casto trabajó en la redacción de *La Voz de Michoacán* y fue allí donde contrajo el virus maligno e incurable del periodismo. La Ciudad de México, capital mundial del crimen, le ofrecería la oportunidad de convertirse en la clase de reportero que admiraba. Había soñado con ser como Kapuściński y recorrer el mundo para escribir libros que denunciasen las injusticias del totalitarismo. Deseó ser como Manuel Buendía o Julio Scherer y fundar una revista que desenmascarase la corrupción y expusiese las injusticias nacionales. Había suspirado con el ejemplo de García Márquez y este suspiro caribeño fue su condena, porque su sueño más íntimo fue a partir de entonces el de convertirse, como el colombiano, primero en un gran periodista y después en un gran escritor. Algún día escribiría una novela tan perfecta como *El otoño del patriarca*, se decía, o una tan divertida y mordaz como las de Jorge Ibargüengoitia, su otro héroe. Estos escritores eran sus dos grandes ídolos literarios. Nadie, salvo Max y yo, estaba al tanto de sus sueños.

En la vida de todos los días, el moreliano deambulaba por la vida sufriendo como periodista en una ciudad en la que tener esa profesión era tan absurdo como ser matador de toros en Chicago o tan peligroso como ser negro en Italia o antiperonista en Buenos Aires. Casto publicaba una columna semanal titulada «Las babas del diablo» en un diario que ya nadie leía, el *Excelsior*. Escribía reseñas de libros, traducía artículos y ensayos del inglés y el francés. Ocasionalmente acudía a cubrir alguna conferencia o la presentación de un libro importante, a veces entrevistaba a algún escritor. En las noches nuestro amigo se despedía de todo y se iba a su casa a trabajar en su novela en la mesa de su cocina diminuta. Vivía de manera modesta en la Narvarte, en un pequeño departamento que le pertenecía a una tía suya de Morelia y por el que pagaba poca renta, apenas algo simbólico. Gracias a eso podía reducir sus gastos al mínimo. Con Juramento Casto vivía su esposa, una mujer joven, delgada y de mirada furtiva que nunca lo acompañaba a sus reuniones. De hecho jamás lo acompañaba a ningún lado. Cristiana era tan tímida y callada que yo nunca supe mucho de ella.

Casto era un hombre de treinta y cinco años, pelo prematuramente cano, facciones que denunciaban su ascendencia gallega y cuerpo de complexión esbelta. Si tuviese que ser definido con un adjetivo, «hierático» podría servir para describir sus rasgos duros y su temperamento seco, su carácter irascible e intransigente. Muchos pensaban que lo único que uno podía temer de él era una reseña mala, un juicio honesto y tajante sobre un libro pobremente escrito, una crítica tal vez cruel pero certera. Pero Casto, como Max solía decir, era un asesino en ciernes disfrazado de santo iracundo. Max tenía razón: con Juramento Casto había que tener cuidado.

Debo confesar que mi amigo a veces me ponía nervioso. No sé cómo ni cuándo se me metió en la cabeza que si yo hubiese sido mortal habría sido muy parecido a él. Posiblemente nuestra devoción por Max hizo que se me ocurriese esto. Con frecuencia uno se siente atraído hacia el mismo tipo de amigo o se enamora del mismo tipo de mujer. Ambos, puesto que éramos los más cercanos al poeta, teníamos muchas cosas en común. Los dos éramos extremadamente reservados, serios y guardábamos secretos de gran importancia: yo, mi secreto inmortal; él, su identidad de novelista. Nadie, salvo Max y yo, sabía que uno de los sufrimientos metafísicos más grandes de Juramento Casto era ese libro en el que venía trabajando desde hacía mucho tiempo en la oscuridad de su morada de escritor pobre. La única indiscreción que Max cometió un día fue mencionar, de pasada y seguramente por descuido, el título del misterioso manuscrito: *Inmortal*. Cuando escuché el título confirmé una vez más mi afinidad misteriosa con Juramento Casto. «No hay coincidencias», me dije; «con el destino todo funciona de manera puntual».

Como amaba la novela, Casto era su más apasionado apologista. El supuesto desprecio de Max a la novela chocaba casi todas las semanas con la convicción de Casto de que solamente ésta poseía la clave del cambio y la revelación para el lector atento. «Sólo en la novela», decía Casto, «uno puede descubrir los detalles infernales de la miseria humana porque todos vivimos vidas paralelas y sufrimos exactamente de la misma manera que los personajes de una ficción, que es todo menos ficticia. La vida es, a fin de cuentas, la misma para todos. La lectura de una novela sumerge al lector en un sueño duradero que la poesía no te puede ofrecer», proseguía Casto, a este punto imparable y más bien insoportable. «La poesía te concede la gracia de una revelación súbita, es un relámpago a la mitad del día, un orgasmo breve y placentero, una mirada furtiva a lo divino que dura lo que dura el aleteo de un colibrí». Casto hablaba y yo al escucharlo pensaba que posiblemente hablaba de sí mismo y de su novela. Por esta razón yo me preguntaba con preocupación: ¿qué le sucede al corazón de un novelista que jamás termina su novela? ¿Le sucederá lo mismo que al de un hombre que no logra ver realizado su sueño de paternidad? ¿Qué le sucede a un huérfano de hijo, a un huérfano de libro? El sueño frustrado de Casto me recordó entonces a nuestro gran poeta nacional que en alguna noche triste de 1920 o 1921 escribiese una de sus prosas más eximias, titulada «Obra maestra» e inspirada en el hijo que nunca tuvo, pero que quiso concebir con la misma pasión con que Casto anhelaba terminar su novela. El final del poema de López Velarde siempre me hacía derramar lágrimas de compasión porque yo sufría la misma orfandad: «Pero mi hijo negativo lleva tiempo de existir. Existe en la gloria trascendental de que ni sus hombros ni su frente se agobien con las pesas del horror, de la santidad, de la belleza y el asco. Aunque es inferior a los vertebrados, en cuanto que carece de la dignidad del sufrimiento, vive dentro de mí como el ángel absoluto, prójimo de la especie humana. Hecho de rectitud, de angustia, de intransigencia, de furor de gozar y abnegación, el hijo que no he tenido es mi verdadera obra maestra».

La amargura por la obra maestra imposible que preñaba el cuerpo y el alma del poeta me hicieron sentir tal ternura por Juramento Casto y por mí que me sentí hermanado con el novelista inédito. Esa noche, cuando nos reunimos en su cantina, yo hubiese querido decirle que entendía su frustración y su rabia, pero no pude porque yo venía invadido de mi propia ansia de finitud. El infinito había dejado de tener sentido.

III

ANATOMÍA DEL DOLOR

LA MUERTE

Ahora termina mi relato negro y se convierte en carta, Max. Mi vida se trastornó de manera imprevista y necesito un testigo. Ahora sé cosas que no puedo guardarme. Tal vez toda escritura sea una carta. Tal vez los humanos son capaces de escribir nada más epístolas. Mi bitácora de soledad en la ciudad ya no es suficiente. Ahora debo confiarte el final de la historia.

Entre las cosas que descubrí, Max, es que la vida es una enfermedad mortal. Sin embargo, así como la extranjería convierte al exterrado en un nostálgico, la enfermedad convierte al mortal en un verdadero ser humano. «Es aquí», pensé, «en el centro de esta paradoja, donde pondré a prueba mi experiencia y mi sabiduría centenarias. Tendré que aprender a reconciliar mis deseos con mis carencias. Tendré que negociar mi nostalgia con mi futuro. Tendré que desentrañar del fondo de mi historia una respuesta plausible que convierta la duda y la incertidumbre en paz de espíritu, porque ahora sé que no hay respuestas definitivas, apenas la ilusión que pueda darle a uno el dogma, la creencia o la superstición. Por eso existe Dios. En el nuevo siglo el debate no es sobre quién vino primero al mundo, Dios o el hombre, sino quién va a enterrar al otro. El duelo es personal».

Las reglas del juego cambiaron y ahora era Isabel quien, víctima de su propia intuición de finitud, me pedía un hijo. Ahora era yo quien respondía con evasivas.

—Iré a México cuando me lo pidas, querido —me dijo en su inglés esnob y anacrónico, idéntico al de su tocaya Tallulah Bankhead, la sexy diva de los años treinta: «*Dah-ling, I shall go to Mexico, just name the day*».

Pero yo, que ya había visto en ella el anuncio del fin, que ya había advertido el estigma de la descomposición en su angustia humanizada y adivinaba el movimiento insidioso de células moribundas en su cuerpo, temí que una unión entre dos seres condenados produciría un ser débil e indefenso, un mortal. Si esto llegase a suceder, los esfuerzos de nuestros antepasados por preservar y proteger la santidad de nuestra existencia sobre esta tierra estarían sentenciados al fracaso. Frente a mí se abría el vacío de las horas contadas. Y aunque el vacío produce un sentimiento de vértigo que nos invita a arrojarnos hacía esa profundidad sin fondo, algo en mi interior se resistía a caer en la indulgencia de la autodestrucción.

¿Has visto, Max, con qué exasperante lentitud se mueve un barco cuando entra a una ciudad en busca de la querencia natural de su muelle en el puerto? Parece estar inmóvil. Parece ser parte fija del paisaje distante, apenas dibujado en la niebla que lo envuelve. El barco se funde con el color metálico del mar, se confunde con él, casi se pierde, como si su perfil borroso obedeciera a una reticencia producto de la timidez y no a la lejanía o la densa bruma. Pero el barco se mueve. Se adentra con discreción en la bahía. De pronto deja de ser esa figura discreta y distante para pronunciar su presencia majestuosa frente a los edificios, destacando su talla imponente al pasar cerca de los botes pesqueros. Hasta que en un instante hecho de magia se convierte en una realidad ineludible y en el centro de atención de todas las miradas. Así es la muerte. Así es la conciencia de la muerte.

Aquellos que estamos condenados a la vida eterna no estamos preparados para la humillación que trae consigo el fin. Aquello que Montague Summers escribió sobre el inmortal comenzó a perder sentido: «No está muerto ni vivo sino que vive en la muerte. Es una anormalidad; el andrógino de un mundo fantasma; un paria entre demonios». Estamos vivos pero vivimos en la muerte. Y yo soy ahora un intruso en ambos mundos.

A lo largo de estas páginas he cometido una traición porque he usado para referirme a mí un término que no me corresponde y un idioma que no me pertenece. No soy el monstruo que describí al principio de mi relato por el simple hecho de tener un origen distinto, un abolengo particular. Lo soy porque dos sangres enemigas se juntaron y ahora habito la noche más oscura, la del tiempo. Mi sangre debilitada por la mezcla. No soy un monstruo porque la sangre humana me haya hecho débil, sino porque elegí beberla a sabiendas de que me mataría. Me convertí en el anfibio de la noche y el día, el andrógino de un mundo fantasma que habita dos mundos, híbrido de dos realidades en conflicto, dos idiomas opuestos. Hijo bastardo de la conciencia, hijo bastardo de la historia. Mi patrimonio es un imperio de humo en una ciudad de lodo y sangre.

Éste es el legado del tiempo, Max. Por eso te escribo, porque no tengo a nadie más a quien contarle nada de esto.

LOCAS

Vestida impecablemente de Chanel, porque en el fondo era tan conservadora como yo, y escoltada nada menos que por Pancho Pitone, Isabel Tallulah Rockefeller Lautreamort, condesa de Tiffany y Neiman Marcus, llegó una vez más al aeropuerto internacional Benito Juárez de la Ciudad de México. Su agenda era simple: venía a provocar en mí un ataque de celos rábidos para que mi orgullo vapuleado me llevara a implorarle de hinojos que se casase conmigo y me diera media docena de bebés inmortales.

Una vez que acomodamos el cuantioso equipaje de Isabel y Pancho en la cajuela, instruí a Mariselo Morales para que condujese el lujoso auto —un Ford Galaxy clásico de los años setenta al que mi criado le tenía tanto afecto que nunca me atreví a reemplazarlo por un modelo más reciente— hasta el Hotel Camino Real, donde los recién llegados se hospedarían por un periodo de tiempo que yo desconocía. Debo confesar que me sentí picado por el aguijón inclemente de los celos, ese veneno vulgar con que se matan los mortales, cuando los dejé en el hotel, porque a pesar de que ambos pernoctarían en suites separadas, estarían demasiado cerca.

«No seas imprudente, Tenebroso Acosta», me dije para consolarme con el argumento enclenque de la lógica, «ambos viven en Nueva York, están juntos todo el tiempo en aquella ciudad. Si son amantes, lo serán aquí como lo son allá». Pero los celos son un sentimiento incontrolable e insidioso, por eso se llaman celos.

Isabel subió a desempacar sus pesadas valijas. En cada viaje, por breve que fuese, cargaba con ella las obras completas de Baudelaire, Poe y Mark Twain. Quedé de pasar por ellos a la medianoche para llevarlos a cenar. Isabel me hizo prometerle que cenaríamos en un restaurante que no sirviese la picante comida mexicana que tanto la había enfermado en su visita anterior, pero yo reservé una mesa en un restaurante de comida tradicional mexicana: quería venganza. Argumentaría que los otros restaurantes estaban cerrados a esa hora y que sólo los comederos mexicanos abren hasta entrada la noche, cosa que por otra parte es cierta. Tenía un par de horas libres, así que le pedí a Mariselo Morales que me llevase al bar favorito de Max, donde me podría tomar una copita con alguno de los integrantes de la tribu de poetas y artistas salvajes. Mi fiel asistente conducía tan despacio que los ciclistas nos rebasaban con facilidad. Hacía mucho que no sacaba el auto del garaje y yo evitaba solicitárselo porque el problema de estacionar un auto tan grande en la ciudad, sumado al de su lentitud al volante, su sordera y su ceguera parcial, hacía que el taxi fuese una buena opción. Llegué al bar y encontré a las vampis. Pregunté por Max y me informaron que vendría más tarde, así que me resigné a esperarlo en compañía de sus odaliscas cocainómanas.

Pedí un café y me dispuse a sufrir su conversación, pero Carmen, digna mariposa social que era, se fue a otra mesa a platicar con un grupo de artistas y yo me tuve que quedar a solas con Carla. No había vuelto a hablar de Carla por pudor. Después de nuestro breve y apasionado encuentro en su coche, la vampi había comenzado a buscarme con determinación. Una noche me tendió una trampa: me invitó a su departamento arguyendo que allí se reunirían nuestros amigos, pero lo que encontré al llegar fue una vil emboscada sexual. Debo reconocer que con ella me pasaba algo que no me pasaba con otras mujeres —evidentemente «otras mujeres» significa Isabel, ya que me enorgullezco de no ser un varón promiscuo—. Apenas percibía el olor de su piel perfumada, mi cuerpo respondía de una manera irresponsable. Ella, experta en las artes amatorias, se daba cuenta de inmediato del efecto de su aroma sensual y actuaba de acuerdo con su instinto de seductriz nata. Sospecho que, aquella noche en su departamento, Carla puso algún elixir de amor en mi bebida porque, casi sin darme cuenta, me descubrí una vez más enredado en violenta batalla erótica. Rodamos por el piso como una bestia cuadrúpeda y bicéfala mientras ella me arrancaba la camisa y me tiraba de la cabellera como en una de esas exageradas películas gringas donde el hombre lanza a la mujer contra la pared al tiempo que ella gime con deleite. La trampa tuvo tanto éxito que a partir de esa noche comenzamos a reunirnos a escondidas de todos para hacer el amor como lobos hambrientos. Ahora que lo pienso creo que esto era también un síntoma de mi conversión: me conduje como un típico varón mortal, infiel y lujurioso.

Ninguno de los dos quería que esta información se filtrase al resto de la maxibanda, pero estoy casi seguro de que Carmen estaba al tanto de los detalles de nuestra irresponsable aventura carnal; el mismo hecho de que nos hubiese dejado solos en la mesa del bar indicaba que conocía el plan melodramático de su compinche. Apenas Carmen se alejó, Carla dijo:

—Quiero formalizar nuestra relación, Tenebroso.

Yo no pude contener la risa porque esas palabras solamente las había escuchado en las telenovelas mexicanas, que como todo mundo sabe, son famosas en todo el planeta, especialmente en Ucrania, Perú y las Filipinas. Guardé silencio por unos segundos, al cabo de los cuales tuve que decirle con absoluta franqueza telenovelera que no debíamos confundir el placer físico con otra cosa más seria. Carla se puso a llorar. Le tomé una mano y le expliqué de la manera más gentil posible que yo ya tenía una prometida y que apenas unas horas antes ella había llegado a México para discutir los planes de nuestra boda inminente. Carla me miró como si yo le hubiese despojado de la virginidad con engaños, como si yo hubiese ultrajado su honor valiéndome de mentiras, como si hubiese pisoteado la delicada flor de su virtud, como si me hubiese embriagado egoístamente con el néctar puro de su cáliz prohibido, como si yo le hubiese robado el tesoro inmaculado de su pureza, y ante la contundencia de esa mirada herida ya no dije más. Temí las consecuencias del rencor que se manifestaba ahora en un relámpago ocular de ira, pero también llegó hasta mí la súplica del corazón herido por el filo de mi sinceridad. Carmen volvió, Max nunca llegó y yo me excusé, no sin antes pagar la cuenta de los tres, porque a esto yo ya estaba acostumbrado. Al salir del bar me pregunté: «¿Cómo terminará este peligroso drama erótico?».

Desperté a Mariselo Morales a gritos y le di instrucciones de volver al Camino Real, donde Tallulah y Pancho Pitone ya me esperaban en el *lobby* bebiendo gélidos martinis. Isabel se acercó a besarme las mejillas, pero apenas sus labios rozaron mi cara, se alejó como si hubiese recibido un choque eléctrico.

—Hueles a puta —dijo al tiempo que me miraba con ojos indignados como si yo le hubiese pisoteado la flor de su virtud, como si me hubiese bebido el néctar de su cáliz, etcétera. Tenebroso uno, Isabel cero.

No me digné a ofrecerle una explicación. Simplemente indiqué con un gesto elegante y calculado la salida del hotel, donde Mariselo Morales nos esperaba, dormido una vez más frente al volante del Galaxy. En el restaurante Isabel no comió nada, presa de los celos y claramente molesta porque no habíamos ido a un restaurante francés. Fiel a su nerviosa sangre italiana, Pancho habló a gritos y sin parar y yo me esforcé por ser un anfitrión decente. Al volver al hotel le dije a Isabel que quería hablar con ella. Ahora yo comenzaba a sentirme invadido por un sentimiento de paranoia puesto que los dejaría a solas en el Camino Real, con sus habitaciones separadas por diez metros de pasillo alfombrado.

—Tenebroso, no seas ranchero. No tienes nada de lo que preocuparte —dijo Tallulah—. Recuerda que estoy acostumbrada a lidiar con los seductores más famosos del siglo XX y Francesco es solamente un amigo, un confidente, un pariente cercano a quien quiero mucho.

Yo respondí, muy mexicanote y muy machote, que no me parecía correcto que ella, estando comprometida conmigo, anduviese etcétera. Isabel echó mano de su repertorio feminista y me largó una perorata sobre el derecho inalienable que ella tenía de hacer lo que le viniese en gana, porque el hecho de que fuese mujer no significaba que etcétera.

—Además —dijo enfáticamente—, comparada con muchas de mis amigas, vivas y muertas, yo soy prácticamente una novia de pueblo. Piensa en Kim Novak. ¿Sabes con cuántos tipos anduvo sin que por eso fuese una loca? Bueno —explicó agitando la hermosa melena negra que contrastaba con su pálida piel de Morticia Addams y sus ojos color violeta—, además de haberse casado dos veces, Kim tuvo líos amorosos con Cary Grant, Frank Sinatra, mi querido amigo Porfirio Rubirosa y Sammy Davis Jr. Mi tocaya y amiga Tallulah Bankhead contaba en su lista de amantes a Johnny Weismuller (Tarzán), Gary Cooper, Douglas Fairbanks Jr., Leonard Bernstein, Marlon Brando, Yul Brynner y, aunque tú no lo creas, el mismísimo Winston Churchill. O Elizabeth Taylor, que es de las más famosas por haberse casado ocho veces y dos de ellas con Richard Burton. Su lista también incluye a Sinatra, Rock Hudson, quien obviamente era bisexual y no nada más gay, George Hamilton y dicen las malas lenguas que hasta Michael Jackson, pero eso no se lo cree nadie porque a ese *freak* desteñido cualquier cosa de más de doce años le sabía a podrido y la Liz tenía tantos como nosotros. Y para finalizar con esta lista de mujeres locas —dijo Isabel encomillando el adjetivo—, ¿qué me dices de Marlene Dietrich? Ella comenzó su vida amorosa casándose con un criador de pollos en Alemania y terminó teniendo aventuras amorosas con hombres y mujeres como Collette, Mercedes de Acosta, Gary Cooper, Kirk Douglas, Ernest Hemingway, Howard Hughes, Burt

Bacharach, Burt Lancaster, el general Patton, Edith Piaf, William Saroyan, Sinatra, Barbara Stanwyck, John Wayne, Orson Welles y hasta John F. Kennedy. *Give me a break*, Tenebroso. ¿Y a ti te da el patatús porque viajo a tu pinche México con un pariente nuestro?

No quise discutir más el tema porque era una descortesía recibir a Isabel con una pelea tan impropia y vulgar, así que le di los dos besos rituales en las mejillas ofendidas y me fui a casa a tratar de poner en orden mis pensamientos. Esto de ser ángel vengador, novio celoso y candidato involuntario a mortal me estaba comenzando a crispar los nervios.

SANGRE

Max, tú que eres poeta y en el aire encuentras inspiración y en el día luz para tus versos y en la noche te dejas llevar por el influjo de la luna para componerle elegías a este mundo irónico, sabrás encontrar en estas páginas pobladas de adjetivos y excesivos esdrújulos, cuando mi muerte sin fin ocurra y un heraldo negro te lleve, no únicamente las claves de mi historia personal, sino las de una raza de seres poderosos que pobló la tierra desde la lejana China hasta nuestra noble tierra azteca. Sabrás construir, como experto arquitecto del lenguaje y noble albañil de la metáfora poética, un templo literario que habrás de dedicar a la memoria de tu amigo, que quiso pero no pudo revelarte su verdadera identidad. Sabrás, Maximiliano Zapata, invocar a tu musa para que te susurre una elegía que tal vez pronunciarás junto a mi tumba, en la que te ruego que no dejes de afirmar que me fui del mundo enamorado de la vida más que de la muerte. Eximio poeta mexicano: escribo estas cándidas palabras para que con ellas encuentres tu lugar y tu guirnalda junto a la gloria arcana del bebedor *maudit* de ajenjo que le escribió al vampiro y le cantó al gato. Para que, como William Blake, le rindas homenaje al tigre de la conciencia que habita el bosque nocturno de la mente. Para que, como Donne, le digas a la noche tus más recónditos secretos porque yo he de revelarte los míos. Muerto yo, que vivan en tus versos elocuentes los trabajos del último inmortal mexicano.

Primero debo hablarte de la sangre. La prohibición humana de beberla es milenaria. Abre tu libro sagrado y busca en el Levítico el origen del tabú cristiano de la sangre. Lee con cuidado, porque allí también encontrarás que en esa advertencia yace la clave de nuestra vida eterna: «Si cualquier varón de la casa de Israel, o de los extranjeros que moran entre ellos, comiere alguna sangre, yo pondré mi rostro contra la persona que comiere sangre y la separaré de su pueblo. Porque la vida de la carne en la sangre está, y yo os la he dado para hacer expiación sobre el altar por vuestras almas; y la misma sangre hará expiación de la persona. Por tanto, he dicho a los hijos de Israel: ninguna persona de vosotros comerá sangre, ni el extranjero que mora entre vosotros comerá sangre». ¿Te das cuenta? Vale la pena hacer una aclaración pertinente, caro amigo. En el texto hebreo original, la palabra «vida» también significa «alma». La traducción del hebreo al latín usa la palabra «ánima». Esto es importante porque al leer estas palabras debe quedar claro que en la sangre está la vida, pero también el alma de una criatura: «*Quia anima carnis in sanguine est*», es decir: «Porque en la sangre está el alma de la carne». La esencia de la vida, el espíritu, la chispa milagrosa que le da sustento al cuerpo del inmortal está en la sangre, y es por ello que Dios manifiesta su preocupación ante los placeres de la necrofilia. Más adelante dice Dios: «Y no haréis rasguños en vuestro cuerpo por un muerto, ni imprimiréis en vosotros señal alguna. Yo Jehová». Hay que leer con cuidado esta traducción, porque es deficiente. El mismo fragmento, en latín, reza: «*Et super mortuo non incidetis carnem uestrum, neque figuras aliquas, aut stigmata facietis uobis. Ego Dominus*». Cito la oración en latín porque el vocablo *incidetis*, de *incidere*, además de rasguñar significa cortar. «*Et super mortuo non incidetis carnem uestrum*» expresa la prohibición de la entrega humana ante la posible seducción de un inmortal, además de prohibir que tus amiguitas se hagan esos horribles tatuajes, pero eso es cosa aparte.

Como ves, Max, los inmortales estamos presentes en la Biblia, no únicamente en el Levítico, también en Deuteronomio («*Non comedetis cum sanguine*»). Sin embargo, nuestra relación con la sangre es más antigua que la misma Biblia. No voy a entrar en detalles ahora sobre la resurrección de Jesús, quien, como nosotros, volvió a los tres días de la tumba. Tampoco hablaré de la técnica que empleó el mismo Cristo para devolver del reino de los muertos a Lázaro, pero considera esta información por un momento.

Es una verdad de los ritos del dolor que ya casi ha desaparecido como uso y costumbre, pero los antiguos lamentaban la muerte de sus seres queridos con el copioso derramamiento de su propia sangre. De esa hermosa y digna tradición surge precisamente la prohibición bíblica. Ya lo ves, Max, el dolor que sangra es, como la poesía, una realidad tangible y no una fantasía sentimental. Alguien dice que se desangra de dolor y no está usando una figura poética, sino que apela a un recuerdo registrado en su inconsciente. La expresión sobrevive en la memoria emocional de aquellos tiempos lejanos en los que uno se cortaba las venas para sacarse la sangre y verterla sobre el suelo como tributo de la desolación, o sobre el cuerpo amado y muerto como expresión de una pena legítima y devastadora. El testimonio de un poeta nos recuerda que, cuando murió Atila, su duelo fue celebrado no con llantos de mujer, sino con la sangre de sus guerreros, que corrió como un río. El derramamiento de sangre sobre los cadáveres de los seres queridos era práctica de los asirios, los árabes, los filisteos y los fenicios. Muchas otras tribus y naciones del mundo, Max, estaban conscientes de la importante relación entre la sangre de los vivos y sus muertos: los polinesios, los indígenas a lo largo y ancho de los archipiélagos del Pacífico, los aborígenes de Australia, Nueva Zelanda y Tasmania, los indios de la Patagonia y sobre todo, caro amigo, la que más me importa, la sangre derramada y consumida en nuestra propia casa, el chalchíhuatl, la sangre humana de los sacrificios aztecas.

Algunos de los libros, glosas y documentos que registran mi linaje y que después de mi muerte podrás encontrar en mi biblioteca son tratados serios escritos por clérigos y estudiosos a lo largo de los siglos. Otros son manuales que contienen información insidiosa para destruirnos. La mayoría no son más que ficciones de escritores menores y curas embusteros que nunca supieron nada sobre nuestro origen y produjeron volúmenes enteros teniendo como fundamento rumores y mentiras que llegaron a sus crédulos oídos a través de terceros. En mis estantes encontrarás el tratado de Philip Rohr, *De masticatione mortuorum*, que fue publicado en 1679 en Leipzig y sirvió como punto de partida para otros trabajos que vieron la luz en el siglo XVIII, entre ellos la *Dissertatio de hominibus post mortem sanguisugis, vulgo dictis vampyren*, de Rohl y Hertel, o la *Dissertatio de cadaveribus sanguisugis*, de Christian Stock, ambos publicados el mismo año, 1732. También conservo un ejemplar rarísimo de un tratado napolitano de 1744 escrito por el arzobispo de Trani, Giuseppe Davazanti, titulado *Dissertazione sopra i vampiri*, que fue recibido con beneplácito por el papa Benedicto XIV, quien le dio tanto apoyo y difusión que los antepasados españoles de mi madre criolla sufrieron en carne propia las consecuencias de aquella barata simpatía papal. Mientras tanto, en Francia la conspiración en contra de los míos ya había sido declarada abiertamente por la Iglesia. Producto de aquella hostilidad histérica es otro libro importante que reconocerás por su larguísimo título: *Dissertations sur les apparitions des anges, des démons et des esprits, et sur les revenants et vampires de Hongrie, de Boheme, de Moravie, et de Silésie*. Sus dos tomos fueron editados por uno de los archienemigos de mi familia, Dom Augustin Calmet, en 1746. Calmet es uno de los pocos autores que, con su hermosa sintaxis del siglo XVIII, refiere, con pérfido talento y fidelidad, las actividades de mis ancestros: «Pues en este lugar se nos dice que hombres difuntos, hombres que han estado muertos por varios meses, digo yo, regresan de sus tumbas, se les oye hablar, deambulan, infestan villas y aldeas, hieren hombres y bestias y los desangran haciéndoles enfermos e indispuestos y a la larga hasta causándoles la muerte. Y no pueden los hombres mismos alejarse de estas terribles visitas, ni salvarse de estos hórridos ataques, a menos que exhumen los cuerpos de sus tumbas, los atraviesen con estacas, les corten la cabeza y les arranquen el corazón; o a menos que reduzcan sus cuerpos a cenizas. El nombre dado a estos fantasmas es *oupiros* o *vampiros*, esto es, bebedores de sangre...».

En México tuvimos una época de esplendor que me emociona y me duele recordar porque, aunque yo no la viví más que a través de los labios de mi abuelo, me la he apropiado con la desesperación de quien habiéndose quedado ciego intenta recordar el brillo de los ojos maternos. Los testimonios del inmortal salvaje Hernán Cortés, de Díaz del Castillo, de López de Gómara y hasta aquellos del prejuicioso Thomas Gage, quien vio apenas los restos de la destrucción, fallan en su intento de describir aquello que relataba mi abuelo con su voz grave y rota. Imagínate hasta dónde podía llegar la infamia de cronistas como el eclesiástico inglés Gage, quien jamás entendió la poesía profunda de la ofrenda azteca a sus dioses y no vio más allá de sus prejuicios. Gage, en su *Survey of the West Indies*, publicada en Londres en 1648, describió el palacio del emperador de esta manera: «Y en este lugar, que en la noche parecía un recinto del infierno, un príncipe idólatra podía adorar a sus dioses e ídolos, pues en su estancia principal había una capilla en cuyo techo había un friso cubierto de hojas de oro y plata y embellecido con una gran cantidad de perlas y piedras preciosas como ágatas, cornerinas, esmeraldas, rubíes y otras, y éste era el oratorio donde Moctezuma rezaba en la noche, y en esa capilla el diablo se le aparecía y le ofrecía respuestas a sus oraciones que al ser realizadas entre tantas y tan deformes bestias, y cuyo ruido representaba al infierno mismo, eran apropiadas a la respuesta del diablo». Qué sarta de estupideces. De López de Gómara al menos se puede decir que fue un testigo confiable, puesto que le hizo compañía al nefasto inmortal peninsular Hernán Cortés cuando éste entró a los templos de mis ancestros. Su descripción de algunos aposentos del Templo Mayor es verdaderamente hermosa: «Están todos bañados de sangre y negros, de cómo los untan y rocían con ella cuando sacrifican algún hombre. Y aun las paredes tienen una costra de sangre dos dedos en alto, y los suelos un palmo. Hieden pestilencialmente, y con todo esto entran en ella cada día los sacerdotes; y no dejan entrar allá sino a grandes personas, y aun han de ofrecer algún hombre que maten allí». La vívida imagen del muro de calaveras que López de Gómara ofrece me llena de un sentimiento de ternura: «Fuera del templo y enfrente de la puerta principal, estaba un osar de cabezas de hombres presos en guerra y sacrificados a cuchillo; el cual era a manera de teatro. A la cabeza y pie del teatro había dos torres hechas solamente de cal y cabezas con los dientes afuera. En lo alto del teatro había setenta o más vigas altas y llenas de palos cuanto cabían de alto abajo. Estos palos hacían muchas aspas por las vigas, y cada tercio de aspa o palo tenía cinco cabezas ensartadas por las sienes. Andrés de Tapia, que me lo dijo, y Gonzalo de Umbría las contaron un día y hallaron ciento y treinta y seis mil calaveras en las vigas y gradas. Las de las torres no pudieron contar».

Los cronistas y los falsos testigos fallan al no entender la verdad poética que da sentido y fundamento al sacrificio humano. El esclavo no muere como víctima de los dioses, sino como su fiel colaborador: así lo establece el culto de Huitzilopochtli, a quien los invasores llamaron «Uichilobos».

Cito a don Antonio Caso, quien resume el mito de creación azteca de manera admirable: «Huitzilopochtli es el Sol, el joven guerrero que nace todas las mañanas del vientre de la vieja diosa de la tierra, y muere todas las tardes, para alumbrar con su luz apagada el mundo de los muertos. Según la leyenda, Coatlicue, la vieja diosa de la tierra, era sacerdotisa en el templo y vivía una vida de retiro y castidad después de haber engendrado a la Luna y a las estrellas; pero un día, al estar barriendo, encontró una bola de plumón que guardó sobre su vientre. Cuando terminó sus quehaceres, buscó la bola de plumón, pero había desaparecido, y en el acto se sintió embarazada. Cuando la Luna, llamada Coyolxauhqui, y las estrellas, llamadas Centzonhuitznáhuac, supieron la noticia, se enfurecieron hasta el punto de decidir matar a la madre. Lloraba Coatlicue por su próximo fin, pues ya la Luna y las estrellas se armaban para matarla, pero el prodigio que estaba en su seno le hablaba y consolaba diciéndole que, en el preciso momento, él la defendería contra todos. Cuando los enemigos llegaron a sacrificar a la madre, nació Huitzilopochtli y, con la serpiente de fuego, cortó la cabeza a la Coyolxauhqui y puso en fuga a las Centzonhuitznáhuac. Por eso, al nacer el dios, tiene que entablar combate con sus hermanos las estrellas y con su hermana la Luna, y armado de la serpiente de fuego, el rayo solar, todos los días los pone en fuga y su triunfo significa un nuevo día de vida para los hombres. Al consumar su victoria es llevado en andas hasta el medio del cielo por las almas de los guerreros que han muerto en la guerra o en la piedra de los sacrificios y, cuando empieza la tarde, es recogido por las almas de las mujeres muertas en parto, que se equiparan a los guerreros porque fallecieron al tomar prisionero a un hombre, el recién nacido. Durante la tarde, las almas de las madres conducen al Sol hasta el ocaso, en donde mueren los astros y donde el Sol, que se compara al águila, cae y muere y es recogido otra vez por la Tierra. Todos los días se entabla este divino combate; pero para que triunfe el Sol es menester que sea fuerte y vigoroso, pues tiene que luchar contra las innumerables estrellas del norte y del sur, y ahuyentarlas a todas con la flecha de luz. Por eso el hombre debe alimentar al Sol; pero como dios que es, desdeña los alimentos groseros de los hombres y sólo puede ser mantenido con la vida misma, con la sustancia mágica que se encuentra en la sangre del hombre, el chalchíhuatl, el «líquido precioso», el terrible néctar de que se alimentan los dioses».

Ahora, Max, debo acudir a una cita importante.

BLOODY VELVET TRIBE

Le pedí a Yónatan Kevin que llegase puntual a la cita, ya que si hay algo que me para de pestañas es la impuntualidad de los ciudadanos de este país enemigo de los relojes. El vampirete me había invitado a la reunión mensual del «Beveté», o *Bloody Velvet Tribe*, su agringado club de inmortales falsos. Accedí a acompañarle porque deseaba estar ocupado y no pensar en Tallulah, quien, en un típico arranque de frivolidad talulesca, se había marchado a Acapulco con mi rival. Por otra parte, yo había decidido adoptar a Yónatan Kevin como una especie de vástago intelectual a falta de vástago biológico y me interesaba saber en qué tonteras estaba perdiendo el tiempo. Yo ya se lo había advertido:

—Gandul imberbe, ten cuidado porque tan pronto cierres los ojos para tomar una siesta después de ver tu episodio de *Buffy, la Cazavampiros* en vez de comenzar a leer las obras completas de Alfonso Reyes, al abrirlos nuevamente te verás convertido en un viejo lerdo de cuarenta años, con el cuerpo lleno de tatuajes desteñidos, panzón, usando pantalones Dockers, lleno de canas y sin nada que decir a la hora de la sobremesa.

Mi pupilo me escuchaba a medias porque, como todo mundo sabe, la adolescencia es una edad propicia para masturbarse, drogarse en las esquinas, escribir poemas cursis, deprimirse por una novia o un grano en la frente o para soñar con la revolución, pero no para escuchar un consejo sensato. Yónatan Kevin llegó a mi casa con veinte minutos de retraso. En México esto significa que llegó a la cita a la hora convenida y por esta razón su sonrisa orgullosa me desarmó cuando a punto estaba de increparle por su impuntualidad.

Mi discípulo era un producto típico de la clase media más rascuache del Distrito Federal. Su acercamiento a mí evidenciaba que, no obstante su origen humilde, el chico tenía ambiciones, que era un Pip mexicano posmoderno. Sus progenitores se dedicaban a labores propias de su condición social. El padre era el director de un departamento menor en una sección no muy importante de alguna subsecretaría perteneciente a algún ministerio federal. La madre era secretaria en una compañía de alimentos que exportaba chiles jalapeños enlatados a Polonia, Uruguay y Turquía. De acuerdo con el perfil familiar que determinaría su futuro, puesto que nuestro destino está siempre ligado a nuestro origen, una vez superada la frívola etapa seudogótica y vampira, Yónatan Kevin terminaría trabajando como subgerente de la sucursal de Naucalpan de un banco mexicano que en algún momento se iría a la bancarrota o sería devorado por un megabanco gringo o español. El genio de este chico de nombre florido fue el haber identificado posiblemente la única oportunidad de su vida que le ofrecería una perspectiva más sofisticada del mundo, siempre y cuando hiciese lo que tenía que hacer. Esta oportunidad fue el haberme conocido.

Llegamos en taxi al predecible sitio de reunión del Beveté, el Panteón francés. El grupúsculo que Yónatan Kevin dirigía constaba de tres chicos y dos chicas. Los otros dos varones eran tan simpáticos y agradables como Yónatan. Las chicas eran tan opuestas entre sí que era interesante observarlas. La primera era Valeriana. Admiré de nuevo el cabello quebrado, la piel morena avellanada, el cuerpo esbelto pero armado de unas precoces curvas en los pechos y en las caderas a las que se apretaba el vestido negro y que obligaban a una persona recatada como yo a mirar hacia otro lado. Dolía verla. La otra, que miraba a Valeriana como si fuese de su propiedad, se llamaba Hermelinda y era una chaparra prieta de gesto hosco que tenía tanto maquillaje en la cara que parecía un pambazo relleno de mole colorado. Los dos muchachos eran a todas luces gays y, como Yónatan Kevin, respetuosos y simpáticos.

El Panteón francés es uno de los cementerios más antiguos de la Ciudad de México. Es morada a perpetuidad de muchos próceres y personajes ilustres de la historia de nuestra patria y en su momento fue el lugar en donde la gente decente y de alcurnia exigía ser sepultada para ser merienda de los democráticos gusanos. Hacia el fondo del camposanto los chicos habían descubierto una cripta antigua a la que, de manera ingeniosa, le habían procurado una entrada tan discreta en la parte posterior que solamente ellos tenían conocimiento de este acceso a sus profundidades. Nadie sospechaba que dentro hubiese una catacumba fría y oscura en la que todos cabíamos cómodamente sentados sobre unas lápidas de concreto, cubiertas ahora por un gran lienzo de terciopelo negro que uno de los chicos llevaba en una mochila escolar.

Mi discípulo me presentó de la siguiente manera:

—Hermanos y hermanas de esta cofradía nocturna, tengo el honor de presentarles a don Tenebroso Acosta de la Cruz, excelentísimo conde de Tacuba.

Agradecí el gesto con una reverencia. Supuse que a continuación se llevaría a cabo alguna ceremonia o que un protocolo se haría evidente para que yo simplemente lo siguiese con el respeto y la dignidad que los ritos se merecen. Pero estaba equivocado. Me di cuenta de esto al observar los cinco rostros juveniles que me miraban a la espera de que yo dijese algo. «Cáspita», me dije, «hora de improvisar, Tenebroso». No me fue difícil hacerlo porque los inmortales hemos vivido tantas cosas a lo largo de nuestras vidas que hurgar en el arcón de los recuerdos personales, que con frecuencia son los archivos mismos de la historia, es tarea simple. Así que decidí contarles la entretenida historia del rey Vikram y el vampiro, tal y como la relató Sir Richard F. Burton en 1870, misma que habla sobre los miembros de mi familia en la India, los demonios *rakshasas* y los *bhutas*, pero sobre todo los *vetalas*, protegidos de la diosa Kali. Una vez terminado mi relato, al que seguí con una disquisición erudita sobre la historia de los inmortales en el Medio y Lejano Oriente, me dispuse a contarles historias propias de nuestra tierra que refutasen la idea absurda de que los inmortales provienen de Europa. De esta manera, pensé, ellos podrían afianzarse a un orgullo inmortal mexicano y podrían hacer suyas mis convicciones nacionalistas.

Hermelinda sacó una botella de vino tinto de su bolso. El tinto era la bebida que los chicos dijeron preferir por su color y la textura sanguínea del líquido. Hicimos un brindis y luego respondí a las variadas preguntas que me hicieron. Me di cuenta de que, aunque estos chicos eran muy versados en leyendas populares procedentes de Rumania y Hungría, no conocían la tradición del inmortal mexicano. No me sorprendió su ignorancia. En los países tercermundistas es muy común que seamos expertos en todas aquellas cosas que suceden en los Estados Unidos y Europa; en cambio, aquello que sucede en nuestra propia tierra es desechado de inmediato como algo folclórico, de poco valor cultural, de escaso interés mítico y literario. Yo, para vengarme un poco de este malinchismo y esa deficiencia de nuestro carácter nacional, no leía autores mexicanos o latinoamericanos que redactaran sus historias como si estuviesen avergonzados por no haber nacido en Nueva York o Barcelona —hecho evidente hasta para un lector desatento puesto que sus puntos de referencia eran siempre europeos y gringos, como si hubiese un estigma en no despertarse cada mañana en Berlín, Milán o Madrid, sino en Cuautitlán o en la colonia Obrera—. Debo confesar que, a medida que avanzaba la velada, sentí tranquilidad por el futuro de nuestra nación porque aún había, me dije, curiosidad intelectual entre sus ciudadanos más jóvenes. Eran vanos los intentos por destruir la imaginación. El resto de la velada transcurrió de la misma manera larga y tediosa, aunque me imagino que los jovenzuelos la disfrutaron de manera directamente proporcional a mi aburrimiento. Una vez finalizada la sesión retorné a mi casa, donde me esperaba una sorpresa que venía perfumada con una esencia desconocida.

CARLOTA

Tú sabes muy bien, Max, que llega un momento en la vida de un varón mortal o inmortal en que uno tiene que mirarse frente al espejo y responder al porqué de su paso por la vida. Pero el espejo, que siempre me había ofrecido una experiencia distinta a la que con toda certeza les ofrece a los mortales, ahora es otro. Yo no estaba acostumbrado a los trucos insidiosos de lo efímero y ese día aciago comencé a advertir cómo se deslizan, traicioneros, detrás de mí y a mis costados, los minutos furtivos que con sigilo me han tendido una emboscada. Por primera vez le tuve miedo al tiempo, ese asesino.

El tiempo es un Dios cruel que comete sus crímenes con impunidad. Vienen Dios o el tiempo y te erosionan, te van minando lentamente, te socavan, te humillan con un dolor nuevo, una enfermedad. Dios o el tiempo te quitan el brillo de los ojos, la tersura de la piel, te aplastan contra la tierra, te despojan de tus recuerdos, te quitan a tus amigos y a tus padres, te arrebatan a aquellos que amas. Dios o el tiempo te destrozan el hígado, te convierten en la caricatura de quien fuiste y finalmente se ríen a tus espaldas apenas te das cuenta de que ya nunca volverás a ser el mismo y de que ya es demasiado tarde para todo, menos para matar a alguien o cometer suicidio.

Hoy se me ha ocurrido, Max, que de haber nacido mortal mi cinismo tal vez hubiese sido como el tuyo. Veo cómo has llegado a descreer de la vida hasta convertirte en un poeta maldito, y todo por amar las cosas que los humanos destruyen. Hay quienes odian por amor. Aquellos que han convertido sus crímenes en arte son románticos insatisfechos como tú. El amor por la vida, por la poesía y tus semejantes te transformó en un degenerado, en una bestia herida. Eres un suicida que aguarda con paciencia el fruto podrido de su autodestrucción. Lo sé porque observo cómo castigas tu cuerpo: con el mismo desdén con que un asceta arremete en contra de su carne pecadora; con el mismo desprecio con que un puritano advierte los sucios deseos de su cuerpo traidor; con el mismo apuro con que un santo se flagela para resistir las tentaciones que le presenta el diablo. Te preparas con rigor para el suicidio porque eres consistente con aquello que un día me dijiste, que dentro de cada uno de nosotros vive un monstruo que desea salir de su prisión.

Recuerdo muy bien un día en que harto de escucharte hablar con aforismos pedantes sobre tu actitud negra ante la vida, yo te pedí una explicación para tanta filosofía barata. Tú dijiste entonces que todos nacemos con una inclinación natural por el mal y que estar vivo es aprender a no volverse loco intentando controlar la bestia.

—Mira a Casto —me dijiste—, mira cómo sufre con el ser terrible que lo habita. Mira de qué manera el monstruo de la razón le come las entrañas. Un día de estos, Casto va a cometer un acto impensable, un crimen atroz, porque el monstruo que lleva guardado en sus entrañas es más fuerte que él y tiene más deseos de vivir que la persona aparentemente normal donde se esconde.

Pero al hablar de Juramento Casto, ¿no hablabas también de todos nosotros? ¿No te comía acaso el monstruo de tu amor por Carmen? ¿O el demonio insaciable de la poesía? ¿No afirmabas que todos, tú incluido, éramos santos y asesinos en ciernes? Posiblemente al convertirte en el poeta del apocalipsis mexicano que carga con el peso de nuestros muchos y variados pecados te convertiste sin saberlo en mártir, en víctima y en tu propio asesino.

¿Por qué razón Dios nos expone al mal? ¿Por qué Dios le ha permitido al maligno que convierta el mundo en su parque de diversiones? Como tú, Max, yo también creo que el mal es necesario. He llegado a la conclusión de que el mal es parte de una estrategia que Dios usa para ponernos a prueba, para que tanto él como nosotros sepamos de qué material estamos hechos. Dios es Jekyll y míster Hyde. Dios es el gran enfermo, el actor sublime de sus múltiples personalidades, el seductor esquizofrénico del universo, el narcisista supremo que creó al hombre a su imagen y semejanza para entretenerse con las infinitas posibilidades de corrupción que la humanidad le da a su vanidad y a su egoísmo, a su imaginación enferma. Dios es un novelista perverso, un cineasta enfermo, un poeta con sífilis en el cerebro. Dios es un macho mexicano, borracho, empistolado, acomplejado, inseguro y vanidoso.

Esta meditación, demasiado larga y complaciente, ya lo sé, ha sido provocada por un encuentro inesperado, fraguado por Dios para someterme a la prueba más terrible y dolorosa de todas aquéllas que ha inventado para torturarnos: la del deseo sexual humano. Te cuento, Max. Aquella noche Mariselo Morales entró a la biblioteca donde yo leía *El fistol del diablo*, de Manuel Payno, para no pensar en Tallulah, que con toda certeza estaría a esa hora en Acapulco bailando chachachá como una loca al ritmo de ruidosas congas, a avisarme de que tenía una visita.

—Una señora de aspecto peligroso, patrón.

Le pedí a mi criado que la hiciese pasar a la biblioteca al tiempo que me incorporaba para dirigirme hacia la puerta del extremo opuesto de la estancia, que conecta a una escalera secreta que sube a mis habitaciones. Antes de recibir a la forastera, y no sé cómo sabía que se trataba de una forastera, tenía que verificar que mi presencia fuese apropiada para el encuentro. Me cepillé con esmero los dientes e hice mis gárgaras de agua de colonia. Me puse una camisa fresca. Verifiqué que cada cabello de mi leonina melena estuviese en su lugar. Me sacudí la fina capa de caspa impertinente que me nevaba los hombros y una vez que hube comprobado ante el espejo que mi imagen era un ejemplo de pulcritud y prestancia masculina, volví a la biblioteca.

Cuando abrí la puerta, la mujer rubia que se presentó ante mí como la marquesa Carlota Negri me esperaba sosteniendo en la mano derecha una copa de champán que mi eficiente servidor le había traído. En la izquierda, como si se desprendiese del gran anillo donde brillaba el legendario rubí de la familia Negri, sostenía una boquilla de la que surgía un largo cigarrillo blanco. Carlota estaba parada frente a un cuadro que reproducía la amenazante figura del hórrido vampiro pintado por el guanajuatense José Chávez Morado. Hasta aquella noche yo no sabía que Carlota existiese en el mundo. No sabía tampoco que los miembros de la familia Negri (yo conocía la obra de uno de sus antepasados, un poeta inmortal muy amigo de Dante) hubiesen sobrevivido la más feroz cacería de vampiros que jamás se hubiese desatado en España y el sur de Italia, donde ellos vivían. En el siglo XVIII sus ancestros habían adquirido notoriedad porque jamás se había visto una familia tan malévola y sádica en la península ibérica. Los Negri tenían un castillo espléndido y siniestro en algún lugar de La Mancha, y ese castillo bien pudo haber sido el escenario de las fantasías más perversas del marqués de Sade. Del castillo no queda ni una piedra en pie. Por decreto real fue destruido en 1803 para que no quedase registro ni evidencia de su infame pasado, según me informaría la marquesa esa misma noche.

Cuando entré a la biblioteca mi visitante estaba de espaldas. Ella fingió no haberse enterado de mi presencia porque ignoró el ruido de mis pasos firmes sobre el parqué. Cuando finalmente Carlota Negri me enfrentó, yo me quedé paralizado ante la visión de su semblante cruel e irresistible. No compararé esa cara con el rostro prodigioso de Isabel Tallulah porque hacerlo sería de muy mal gusto, pero sus ojos grises inmortales me produjeron una gran impresión, así como el fino perfume con que eliminaba el fuerte y desdichado aliento inmortal que salía de su hermosa boca. Intenté realizar el rito de presentación acostumbrado entre los nuestros, mismo que debe cumplirse de manera puntillosa apenas uno conoce a un miembro de otra tribu de inmortales, pero Carlota no me permitió hablar porque se apresuró a hacerlo ella.

—Conde Tenebroso Acosta —dijo—, soy la marquesa Carlota Negri. He venido desde Madrid porque su leyenda oscura e inquietante ha llegado hasta mis oídos y he decidido cruzar el Atlántico para conocerle.

Debo confesar que el tono de entrega de su voz y la revelación de su viaje arrebatado me alarmaron. La invité a sentarse en una de las poltronas de cuero y procedí a servirme champán en la otra copa que mi criado había dejado sobre una mesa. Para ganar un poco de tiempo que me permitiese recuperarme de ese estado de alarma inicial, realicé a continuación la inquisición formal para asegurarme de que ella fuese en efecto la descendiente legítima de la casa Negri. Una vez satisfecho con su respuesta, le pregunté abiertamente a qué debía el honor de su visita. La marquesa me contó su historia.

—Hace un año —dijo Carlota mientras se acomodaba un mechón de la blonda cabellera que le caía sobre los ojos—, conocí a un noble perteneciente a una tribu de inmortales rusos y me enamoré de él.

La marquesa titubeó y bajó la vista como si no estuviese segura de que debía continuar con su relato. Yo la miré con gesto inquisitivo y ella prosiguió.

—El problema fue que en aquel entonces yo estaba, y continúo estándolo, casada con alguien cuyo nombre omitiré porque no quiero serle más infiel de lo que ya le he sido. Conocí al ruso en una fiesta en Cannes y en cuanto nos identificamos como inmortales abandonamos la reunión para irnos a cenar a un restaurante. Tengo que decirte, si me permites tutearte, Tenebroso, que yo vivía en mi ceguera de esos días felizmente casada con mi esposo y jamás había tenido ni la intención ni la más remota idea de que algún día le engañaría. Pero lo hice. Mi pecado en contra del sacramento del matrimonio inmortal fue aún más grave porque cuando conocí al ruso yo tenía once meses de embarazo de mi primer hijo, un infante muy bello que ahora tiene unos pocos meses de edad.

Aquí Carlota hizo otra pausa para espiar mi rostro. Yo no había reaccionado de manera evidente a ninguna parte de su confesión, pero vi en su semblante un signo de duda que, sin embargo, no le impidió continuar su dramático relato.

—El ruso, sin proponérselo o sin darse cuenta, suscitó en mí una pasión que hacía mucho no sentía. Esto se lo atribuí a su madurez y a mi deseo de ser tratada como una vampiresa adulta. Mi marido, a sus ciento treinta años, es demasiado joven e inexperto.

Mientras Carlota hablaba yo me descubrí admirando no nada más su cara, sino su cuerpo. Me alarmó la idea de que mi libido estuviese siendo afectada por los cambios recientes de mi organismo.

—No sé si lo sepas —explicó Carlota con orgullo—, pero las inmortales españolas nos enamoramos de una manera absoluta, como gitanas, y no hay poder en la tierra que nos detenga cuando queremos a alguien ni que nos haga cambiar de parecer cuando decidimos entregarle el corazón. Hacia el final de aquella velada —relató Carlota—, después de haber cenado y caminado inocentemente junto al mar al amparo de la luna loba, el ruso comenzó a sentir el influjo de mi temperamento, pero se mostraba reacio a actuar de una manera más decidida como consecuencia de mi visible embarazo. Fui yo la que me acerqué a él para besarle. No nos fuimos a la cama esa noche, Tenebroso. Pero el poder de la carne es mayor que el de la voluntad o el de la moral. En nuestro siguiente encuentro lo seduje. Nos amamos como se aman los condenados a muerte. Nos amamos como lobos. Entre orgasmos y duchas especulamos con el futuro, con una vida lejana, con posibilidades remotas e imprácticas. Como todos los adúlteros, nos hicimos lo que nunca hicimos con nuestros cónyuges porque en el fondo sabíamos que todo estaba en contra de nosotros y estábamos condenados a perdernos. Y así fue, Tenebroso. Nuestro romance fracasó porque él también estaba casado y decidió que ser el amante de una inmortal embarazada iba en contra de sus principios. Terminó volviendo al lado de su esposa.

»Pero mi traición no fue en vano. Entre sus brazos yo me di cuenta de que si le había sido infiel a mi marido, eso significaba que mi amor por él ya no era el mismo de antes, y ¿cómo continuar casada con un varón al que una ya no ama? A las pocas semanas, con el pretexto de hacer algunas compras, fui a París para poder estar a solas y tomar una decisión sobre mi futuro, pero en la casa de una prima segunda conocí a un inmortal del continente americano que me habló de ti y me dijo que tu linaje era el más rancio y más antiguo en estas tierras. Comencé a investigar y me di cuenta de que si había alguien en el mundo de la noche que podría comprender mi historia eras tú, Tenebroso, porque nuestra sangre ya se ha encontrado en el pasado: nuestros antepasados pelearon una guerra y los grandes enemigos siempre tienen cosas en común, así que vine a verte para referirte este dramón novelesco que me viene ahogando desde hace meses.

Cuando Carlota Negri terminó su breve relato le pedí que me aclarase el punto sobre nuestros antepasados.

—Soy descendiente directa —dijo— de uno de los inmortales que derrumbaron los ídolos de los templos antiguos de tu nación y bajo sus órdenes los míos acabaron con la vida de los tuyos hace muchos años. Me siento en deuda. Vine apenas pude dejar a mi hijo al cuidado de su nodriza y aquí me tienes, Tenebroso; haz conmigo lo que quieras.

Carlota Negri guardó silencio y se bebió de un trago su copa de champán. Sus ojos grises me miraban con intensidad y, en contraste, su expresión había adquirido una serenidad que no tenía mientras me contaba los detalles de su aventura amorosa y su tragedia matrimonial, la serenidad propia de los que han lavado el cochambre de su conciencia con una confesión. Yo no dije nada.

Las razones que la forastera había expuesto para su visita eran muy extrañas. Yo no tenía cuentas pendientes con los descendientes de aquel conquistador. La noción de que en pleno siglo XXI existiese alguna deuda histórica me parecía ridícula. ¿De qué hablaba la extranjera? Pensé con ilusión que tal vez Carlota estaba loca porque las inmortales locas son fascinantes y deseé que ése fuese el caso. La marquesa sacó otro cigarrillo y yo discretamente encendí un cirio para eliminar el olor a humo de la estancia. Me parecía una imprudencia que un inmortal fumase porque si al problema de aliento que uno tiene le agrega el olor repugnante de esos clavos de ataúd, dudo que el perfume más fuerte pueda servir de algo. Sin embargo, su aliento era fragante como el aire frío de un cementerio en la madrugada. Sospeché que Carlota esperaba una respuesta porque una mujer que habla de esa manera necesita algo más que sacarse de encima el peso de su secreto. La confesión nunca es suficiente.

Antes de hablar consideré los hechos tal y como ella me los había referido: tenía frente a mí a una inmortal que había cometido el pecado del adulterio impulsada por la urgencia de la pasión carnal y la tontera romántica. Además, había perpetrado ese acto inmoral mientras llevaba dentro de su cuerpo el hijo de su marido. Otro inmortal había estado dentro de ella y se sentía culpable.

—Nadie puede juzgar lo que has hecho, Carlota —dije entonces—. El mundo nunca nos presenta situaciones ideales y nuestros sentimientos, así como nuestra conducta, suelen ser imperfectos. Tienes que perdonarte.

Carlota me miró una vez más con sus ojos manchegos del color del mar Mediterráneo al alba y me regaló una sonrisa. No volvimos a hablar del tema. No dije nada respecto a la batalla entre los suyos y los míos porque antes quería verificar algunos datos en mi biblioteca.

Carlota dijo que se quedaría una semana en México, puesto que tenía que volver a Madrid para cuidar a su pequeño infante. Al amparo de la noche protectora hablamos de nuestras cosas por cuatro o cinco horas. Yo le informé, apenas tuve oportunidad, de la existencia de Tallulah, quien volvería de Acapulco en unos días. En algún momento le hablé de mi deseo de ser padre. Ella me miraba con sus ojos acuáticos y sonreía. La invité a caminar por el centro de Coyoacán. La plaza estaba desierta, salvo por algunos gatos callejeros y un poeta adolescente angustiado que buscaba inspiración en el sonido de la fuente. Nos detuvimos junto a la iglesia y, no sé por qué razón, tomé entre las mías la mano izquierda de Carlota. Era pequeña y delicada pero ostentaba unas uñas largas y filosas; en sus manos tersas de rosa salvaje estaban definidos su temperamento y su naturaleza. Besé los finos dedos y me maravillé ante su tersura. Miré el gris de sus pupilas extranjeras y encontré en ellas la memoria de la última estrofa de uno de mis poemas favoritos de e.e. cummings, que cabía en la intimidad del momento como un suspiro cabe dentro de un pecho sangrante. Recité los versos con un nudo en la garganta: «(no sé qué es lo que tienes que se cierra/ y se abre; pero algo dentro de mí entiende/ que la voz de tus ojos es más profunda que todas las rosas) nadie, ni siquiera la lluvia, tiene unas manos tan pequeñas». La besé en la boca. Dios mío. La vida dos, Tenebroso cero.

 Al volver a mi residencia ya no hablamos. En silencio la llevé a mi lecho, donde permanecimos la mayor parte de esa semana. Hubo instantes en los que me reproché mi liviandad como si la misma sor Juana se hubiese infiltrado por la puerta trasera de mi conciencia a censurarme: «Hombres necios que acusáis a la mujer etcétera». Pero Carlota Negri, la marquesa infiel, había llegado a mí con un mensaje que yo supe descifrar en el momento de conocerla. Había venido a desahogarse y a que nuestros cuerpos combatiesen. Confirmé que era descendiente directa del cruel mercenario Pedro de Alvarado, el conquistador inmortal de tan triste memoria, y una vez que supe esto concluí que Carlota en su locura pensaba que mi cuerpo tendría que someter al suyo como desagravio por tanto mal que el inmortal barbado le había traído a mi pueblo. Pero mi lectura de la historia del cuerpo de Carlota me reveló que ya a ninguno de los dos nos correspondía esa disputa, polvo encostrado de la historia lejana.

Unos días después de aquella primera noche, ahíta de besos y gemidos roncos, Carlota dijo:

—Te he mentido: vine porque quería saber lo que se siente al follarte al último inmortal mexicano.

La miré con curiosidad.

—¿Es cierto? —pregunté.

—Por supuesto, lo hablé con mi madre antes de venir y ella me dijo que estaba loca —respondió.

Yo tomé su rostro y contemplé sus facciones. Me dolió saber que la perdería en cuestión de días.

—El tiempo es el gran asesino —le dije hundiéndome en el mar gris y turbulento de su mirada—. Me duele saber que voy a parpadear, que voy a cerrar los ojos por un instante y que cuando los abra ya no estarás a mi lado.

—Tenebroso —respondió—, no seas dramático.

Yo le dije que ser dramático era una parte intrínseca de mi ser y ella, riéndose de mis palabras, abandonó la cama para ir al baño mientras yo le miraba el respingado trasero desnudo y pensaba con remordimiento que había traicionado a Isabel Tallulah.

—Carlota —le dije cuando volvió a la cama—, no me sorprende que estés aquí. Ahora que te conozco sé que nos íbamos a encontrar tarde o temprano. El destino nos habría reunido aunque nunca se te hubiese ocurrido subirte a un avión en Barajas para venir a buscarme. Lo que no he entendido es cuál es el verdadero significado de tu viaje o el de haberme despertado en medio de la noche para oler no el cuerpo de mi prometida, sino el tuyo; no el cabello negro azabache de Isabel, sino tu cabello rubio.

Ella soltó una carcajada.

Pasaron tres días más y el cuerpo me comenzó a doler con un dolor nuevo. La última noche que pasamos juntos, la conciencia de su partida me obnubiló y sentí una sed negra que me nacía del corazón cada vez que ella me miraba, cada vez que sus ojos me escrutaban la cara. Pensé que esa sed me mataría. Comprendí entonces que Carlota había mentido para entrar a mi casa y a mi cuerpo. Que todo era una farsa absurda y perversa. Comprendí que la inmortal había venido exclusivamente a seducirme y que una vez logrado este propósito me abandonaría llevándose mis palabras ansiosas. La marquesa, entendí, era una coleccionista de corazones inmortales, una cazadora de almas.

Aquella noche le pedí a Mariselo Morales que preparase una cena especial.

—Ésta será mi última cena con la señora y tenemos que hacerla memorable —señalé.

Carlota había salido a recorrer museos y cuando entró a la casa saludando con ese cascabel risueño que tienen en la voz las españolas y que hace que cada estancia que ocupan se llene de luz, no sentí alegría sino una gran melancolía. Para la cena la marquesa rubia eligió un atuendo elegante que hacía evidente su intención de aumentar el castigo que me venía administrando con gran sofisticación: un pantalón negro que se ajustaba a las bien torneadas piernas y al trasero, resaltando el efecto benéfico de las hormonas producidas durante su reciente embarazo. Una blusa escotada y transparente, que evidenciaba un par de pezones gigantescos y oscuros tras la fina tela transparente. El espectáculo me perturbó. Su rubia cabellera parecía más sedosa y brillante que nunca. Recordé una inscripción en el diario de mi abuelo donde aludía al peligro mortal que representan las rubias, «esas extranjeras hechas de aire, que son todas víctimas de la indefinición». Alejé de mí estos pensamientos para acercarme a ella y darle un beso en cada mejilla. Me miró fijamente y me pidió que no la echara de menos cuando llegara la hora de su partida. Se lo prometí. Comencé a sentir el aguijonazo de la sed negra.

Me serví una copa de whisky y a ella le serví champán. Le leí en voz alta un poema de Amado Nervo. Hablamos de cosas triviales. Escuchamos valses mexicanos y los discos de la Niña Pastori y Rocío Jurado que, según me dijo Carlota, llevaba con ella a todos lados. Mariselo Morales vino para anunciar que la mesa estaba lista. Dejamos nuestras copas y nos levantamos de nuestros asientos para dirigirnos al comedor. Antes de salir de la biblioteca la tomé en mis brazos y le dije:

—Te he mentido, Carlota Negri. Te voy a extrañar mucho cuando te vayas.

Carlota me clavó los ojos crueles, sonrió con frialdad y sin decir nada se dio la media vuelta para dirigirse al comedor. Yo tomé el machete de mi abuelo, que Mariselo Morales había ocultado atrás de un mueble tal y como yo se lo había ordenado esa misma tarde de insomnio. Respiré hondo y con un movimiento preciso le asesté el golpe fatal en el cuello. La cabeza de Carlota cayó sobre el piso de madera. Sus ojos quedaron abiertos, mirándome con una expresión de incredulidad. De su boca surgió un potente grito y después quedó en silencio. Dos lágrimas de sangre negra rodaron por sus mejillas. Su cabello brillaba con la intensidad del fuego. Yo me serví otro whisky y me retiré a mi habitación. Mariselo Morales se encargó de limpiar todo.

La noche que maté a Carlota Negri me quedé en mi habitación contemplando las ruinas del desastre. La cama deshecha, algunos cabellos rubios aferrados a una de mis almohadas, el ambiente impregnado del olor que despiden los cuerpos durante su brutal choque carnal, el aroma del perfume español que desaparecería en algún momento. Durante dos semanas estuve sumergido en una abulia profunda. A la tercera entendí que Carlota había venido a revelarme un aspecto del deseo que yo no conocía: el sexo como dolor. Supe, ahora en carne propia, que ésta era la más refinada enfermedad de los humanos. El peor de todos los deseos humanos me había tocado el corazón y yo tendría que pagar las consecuencias ahora que el mal más terrible que afecta a los mortales me había infectado la conciencia y la sangre.

FESTÍN

El episodio con Carlota me alarmó. No podía perder más tiempo y tenía que conseguir a toda costa que Tallulah se quedase definitivamente en México. Necesitaba una estrategia, un plan maestro.

Tallulah volvió de las playas del Pacífico bronceada como divorciada argentina de vuelta de Cuba, cosa que me escandalizó porque no había inmortal en el mundo que se atreviese a tomar el sol de esa manera. A los pocos días de su regreso de Acapulco la acompañé al aeropuerto a despedir a Pancho Pitone. La partida del primo incómodo me trajo una sensación de alivio. Recuerdo con emoción que mientras los tres nos tomábamos el último trago en el bar del aeropuerto, ella miraba con insistencia a una mortal que le daba el pecho a su crío recién nacido. El reloj biológico era puntual. En ese momento tuve una gran idea. Se me ocurrió que le presentaría como obsequio a uno o dos de los chicos del club de vampiretes para que probase sangre azteca y aprendiese a degustarla. Si la sangre de mis compatriotas le agradaba sería más fácil convencerla de que se estableciese en mi ciudad. La naturaleza adictiva de su carácter me facilitaría la empresa. La volvería dependiente de la rica sangre condimentada y picante de los mexicanos. Saldríamos juntos de cacería a buscar chamacos de las colonias ricas de la ciudad. Según yo, el nivel socioeconómico de los habitantes de estos barrios nos garantizaría una sangre más sabrosa, resultado de una mejor nutrición y de una dieta más balanceada que la de los escuincles mugrientos de las colonias pobres. Por otra parte, puesto que siempre he sido una persona muy consciente de la moralidad de sus actos, me parecía más justa la idea de sacrificar niños ricos. Más allá de las precauciones de orden nutricional, la sola idea de privar de la vida a niños desnutridos que ya habían nacido con todas las desventajas —o al menos dos de las peores que puede tener alguien que viene al mundo en estos días: ser pobre y encima ser mexicano— me parecía un acto reprochable. En cambio, ingerir la sangre de un niño güero habitante de alguno de esos lujosos barrios fortificados, que con toda certeza sería un mocoso grosero y maleducado que crecería para convertirse en un adulto arrogante y altanero como sus padres, era a mi juicio una opción más aceptable. Tanto se me antojó el futuro festín que imaginé el surtido variado y apetecible de creaciones culinarias de mi chef que convertirían a Tallulah en una adicta feliz. Mariselo Morales, gracias a mi estupenda idea, sería el creador de un estilo de comida mexicana nunca antes visto en las cocinas de estas latitudes. Manitas de chamaco berrinchudo de Polanco al escabeche, servidas con nopales al oporto y bañadas en salsa de víbora de cascabel. Lengua de escuincle malcriado en picante chile morita, acompañada de una guarnición de arroz a la mexicana y una salsa de capulín y pulque. Ojos azules de bodoque de Interlomas servidos con un *soufflé* de setas al tequila. Paella mixta de niña de pecho del Pedregal de San Ángel con sus buenos tajos de chorizo de Toluca, camarones gigantes, costillitas de puerco y colas de lagartija panteonera. Las posibilidades eran infinitas.

Cité en mi casa a los miembros del Beveté y le pedí a mi chef que preparase una opípara cena para seis. Mariselo Morales se lució. La cena era un verdadero homenaje a la cocina de sus ancestros con un toque definitivamente moderno que me hizo sospechar que mi fiel sirviente había estado tomando clases de alta cocina a escondidas. Una hora antes de la cita, Yónatan Kevin telefoneó para preguntarme si quería que llevase vino. Yo, temiendo que me trajese una botella de Padre Kino, le dije que no se molestara, pero el gesto me conmovió como a un padre le conmueven esos detalles nimios pero llenos de significado. Me pregunté: «¿De qué material están hechos los afectos paternos? ¿Qué sucederá el día en que Isabel Tallulah me dé un hijo? ¿Qué clase de padre seré yo cuando el destino me lo permita? ¿En qué culminará el melodrama de mi paternidad frustrada?».

A lo largo de mis muy largos años he observado en infinidad de ocasiones la manera terrible en que algunos padres educan a sus hijos, y les rogaba a todas las deidades aztecas que no me dejasen incurrir en tan imperdonables faltas formativas cuando llegase mi turno. Los padres de nuestros tiempos apocalípticos ya no eran como los de antes. Parecía que el propósito exclusivo de estos progenitores modernos fuese arruinarles el futuro a sus hijos. Las madres, permisivas y débiles, se convertían en las criadas de sus retoños. Los padres no se atrevían a ejercer un mínimo de autoridad sobre sus enanos déspotas. Todo, santa murciélaga, en nombre del amor filial: una educación deforme y deformativa, privada de la guía del sentido común. Las madres, muchas con títulos universitarios y carreras brillantes, abandonaban para siempre sus trabajos para dedicarse a extorsionar a sus maridos con demandas absurdas, ver en la tele los programas matutinos diseñados por y para retrasados mentales y empujar sus detestables carriolas en grupos de tres o cuatro amigas por las zonas comerciales de la ciudad, importunando a los ciudadanos pacíficos con sus gritos y los de sus crías gemebundas y apestosas, luciendo *jeans* desbordados por las lonjas de cuyos bolsillos cuelgan teléfonos celulares que suenan sin parar, con los pelos mal peinados y exhibiendo una actitud de vacas satisfechas. Ese lamentable espectáculo era una invitación para que la justicia divina interviniese y les procurase el exterminio inmediato. El nuevo siglo estaba marcado por la presencia ubicua de esas madres y padres impotentes.

A las diez de la noche en punto sonó la campana de la puerta con el sonido característico de las campanas hechas en Dolores,

Guanajuato. Yo había mandado fundir esa campana utilizando unos crucifijos antiguos que descubrí en el sótano de mi casa, que era una fuente inagotable de sorpresas. La inspiración me vino un 15 de septiembre, día de la Independencia de México y de mi nacimiento, porque pensé: «¿No sería bonito tener una campana manufacturada en Dolores, cuna de la Independencia, en la entrada misma de mi casa?». Mariselo Morales acudió al llamado de los invitados y en cosa de minutos ya estábamos cómodamente instalados en la sala de estar de mi residencia, rodeados de obras maravillosas de Olga Costa, Manuel Felguérez, Orozco y Gustavo Ramos Rivera, así como de mi colección de exvotos y retablos del siglo XIX, que con gran orgullo mostré a mis jóvenes amigos una vez que estuvieron instalados a gusto en los sillones de cuero.

—Este retablo es uno de mis favoritos —dije poniendo una de esas humildes obras de arte frente a sus ojos.

La imagen del exvoto mostraba una mujer arrodillada frente a un hombre visiblemente ebrio que esgrimía en una mano un cinturón amenazante y sostenía en la otra una botella de mezcal. La mujer levantaba los brazos en actitud suplicante. En el extremo superior izquierdo del pequeño rectángulo estaba pintada la imagen piadosa y protectora de la patrona mexicana, la Virgen de Guadalupe. La leyenda al pie del cuadro, ejecutado con gracia sobre una lámina pobre y oxidada, rezaba con ortografía deficiente y sintaxis torpe pero bella: «Primero ladino y meloso, despues cruel y feroz. elodia Juarez da gracias del abandono que sufrio por parte de Juan Vidrio porque mucho padecio con esta union, desde grandes insultos de su boca hasta golpes en partes de dolor todo ello anegado de mucho pulque mucha miseria de centavos y muy perfido de su corazon. Atizapan, Mexico». La historia impresionó a mis jóvenes invitados. Jamás habían visto una obra de arte popular como ésta, a pesar de vivir en un país tan católico y lleno de maridos abusadores y borrachos, valga la redundancia.

El siguiente retablo mostraba una habitación iluminada por la luz débil de unos cirios, en cuyo centro estaba una señora sentada en un féretro humilde. Esta posición hacía evidente que la mujer se había incorporado después de haber sido depositada sin vida en ese lecho eterno. Frente a ella estaba la imagen piadosa del Señor del Huerto, ataviado con su hábito franciscano y sus huaraches humildes. El santo varón sostenía en sus manos una rama cuyas hojas frescas se extendían rumbo al cielo. La leyenda al pie del cuadro decía: «En el año de 1885 siendo cofrada del Señor del Huerto de Atlacomulco, esta muge se murio y por descuido no pago los jornales y lla puesta en su cajon derrepente se sento y dijo por el amor de dios pagaran los jornales que no podia gozar de la gloria de dios y volvio a quedar...».

—Estas historias son parte del universo religioso y artístico perdido en estos tiempos oscuros, cuya única luz proviene de las pantallas de los teléfonos celulares y de las luces de los autos omnipresentes en esta ciudad traicionada —dije visiblemente conmovido. Los muchachos me miraron como si estuviese loco—. Vosotros sois herederos, siempre y cuando así lo deseéis, de estas nobles tradiciones mexicanas. Piensen en los artistas populares y en los hombres de letras que forjaron esa identidad nacional, ahora apuñalada y escupida por jovenzuelos traidores que usan gorras de béisbol, se pintan el pelo color verde, se perforan los labios con aretes y decoran sus brazos con tatuajes vulgares.

El olor a pedo de Mariselo Morales interrumpió mi perorata.

—La señora ha arribado —dijo, al tiempo que a sus espaldas resonó el taconeo Blahnik de los zapatos de aguja de mi bien amada.

¿Cómo explicar el efecto que la llegada de Isabel Tallulah produce en los mortales? No importaba dónde, en qué recinto oropelado lleno de diplomáticos y nobles, en qué bar apenumbrado de Nueva Orleans, en qué restaurante coquetesco de París o en qué taquería grasuda de la Roma entrase Isabel, el efecto era siempre el mismo: azoro y silencio absoluto mientras las miradas hechizadas se dirigían hacia ella como las polillas ante el embrujo de la flama en la balada que cantaba Marlene Dietrich con voz de lija lúbrica. Así, listas para ser consumidas por el fuego de su altanería, las miradas de los chicos darketos se dirigieron hacia la recién llegada.

—*Dah-ling* —dijo Isabel al tiempo que detenía sus pasos un metro antes de llegar a mí y extendía su mano lánguida y huesuda para que mis labios la besasen.

Ah, ver el rostro de Isabel, qué tarea dura para mis ojos fatigados. Como Francisco de Quevedo y Villegas, consideré mis ojos heridos por la aparición de esa belleza tan terrible y letal como el abrazo del ángel, y a mi boca memoriosa acudió el soneto que el príncipe del ingenio le dedicase a Silena. Leí sus pensamientos atrás de la sonrisa congelada: «Tenebroso, eres un cursi insoportable. Tendrías que regresarte al siglo XIX a componerle elegías a la flor más bella del ejido». Hice las presentaciones y cuando lo consideré oportuno, llamé aparte a Isabel, que estaba visiblemente molesta y me había hecho señas de que quería decirme algo.

—¿Podrías explicarme por qué me has invitado a esta farsa? ¿Te has dado cuenta cómo están vestidos esos nativos? Te aseguro que nada de esto me causa ninguna gracia, Tenebroso Acosta —espetó mi nombre como si éste fuese una sabandija.

Yo respiré hondo para no interrumpirle y cuando finalmente hizo una pausa, le expliqué que se trataba de una sorpresa y que mi intención era ofrecerle en sacrificio a Valeriana, la hermosa chica de mirada ardiente, y a Yónatan Kevin, mi discípulo. Yo me encargaría de los otros dos. Isabel se calmó un poco en cuanto pudo recorrer con su mirada experta el cuerpo joven de la niña *darky* y después de mascullar algo insultante en su lengua materna— «*fucking moron asshole*» y algo más que no alcancé a entender—, se dio la media vuelta y volvió a la estancia donde los darketos esperaban. Cenamos y al terminar nos dirigimos todos al sótano donde los chicos querían celebrar un rito en honor de Tallulah, mismo que ella encontró ridículo y yo bastante divertido. Los chicos formaron un círculo alrededor de unas velas negras que uno de ellos sacó de un morral oaxaqueño y al ritmo de la música *goth* proveniente de un MP3, comenzaron a entonar una letanía absurda en algo que quería parecer latín pero no lo era. Yo había cerrado la puerta del sótano con llave y Tallulah, sentada muy erguida en un sillón, observaba la escena con las cejas arqueadas y los ojos inyectados de sangre. Valeriana había avanzado al centro del cerco humano. Observé el cuerpo de la chica con ansia, pero no un ansia sexual. Mi deseo era simplemente el de un inmortal en presencia de su cena, aunque aquella noche el cuerpo de la joven ya había sido prometido al apetito de Isabel. La masacre comenzó cuando Isabel, visiblemente aburrida, se incorporó y dando un par de pasos firmes, entró al círculo sin dificultad y se apoderó de Valeriana para romperle una arteria del cuello con feroz dentellada. El resto de los chicos permaneció inmóvil por unos segundos, cosa que aproveché para apoderarme de Yónatan y estrangularlo con un movimiento experto. El resto no es necesario que lo refiera porque sería como describir una de esas películas de horror baratas y yo odio la violencia innecesaria.

DOLOR

Ebrios de hemoglobina y besos, Isabel y yo nos encerramos en mi habitación a entregarnos a los quehaceres propios del amor. Éste, Max, fue el momento, la hora ciega en que Isabel quedó preñada. Supe esto porque los ojos de una inmortal derraman sangre en el momento sagrado de la concepción, así como en el momento de la muerte. Las lágrimas de sangre de Tallulah marcaron con el hierro y el tinte de esa sustancia espesa el calendario íntimo de mi vida. Esa noche supe que el futuro de mi estirpe ya no estaba amenazado por la extinción y el olvido. Tenebroso Acosta de la Cruz ya no sería el último inmortal mexicano. Lejos, muy lejos en el tiempo, mis ancestros sonreían con alivio desde el polvo de sus huesos y el olvido. Ésta era mi esperanza porque tenía fe en que la enfermedad de sus padres no le fuese trasmitida al hijo.

No sentí ningún remordimiento por la ejecución de los vampiretes porque nuestra obligación en la tierra es sobrevivir. Especulé que quizá el propósito de la vida de esos chicos era hacer posible que la nuestra continuase. Ésta es la lógica que hace posible entender al mundo como un verdadero ecosistema en donde unos mueren para que otros vivan. La supervivencia es amoral, y las leyes, así como la versión oficial de cualquier historia, siempre las impone el más fuerte. Uno mata para sobrevivir y con frecuencia se apropia de la vida de personas cuyas vidas carecen de significado y son por lo tanto prescindibles. Me asombra considerar cuántas personas son tan innecesarias. Hasta que uno las devora.

Pero la vida es una enfermedad que no perdona. En el éxtasis de nuestra felicidad las cosas empezaron a complicarse. A los pocos días del magnífico festín de carne y sangre darketa, nuestros cuerpos comenzaron a mostrar síntomas inconfundibles de un cambio, mismo que en principio yo quise atribuir a una simple intoxicación que pasaría con reposo y cuidado en la dieta. Isabel culpó a la mundialmente famosa e indigesta cocina mexicana, acusación injusta puesto que la cocina hindú o la camboyana, por ejemplo, son mucho más nocivas. En el fondo, yo sospechaba algo terrible relacionado con el síndrome que nos afectaba, pero no me atreví a aceptar esa posibilidad ni mucho menos a decirle nada al respecto a Isabel Tallulah.

La orgía sangrienta había sido un acto irresponsable. Cierto, esa ebriedad nos llevó al lecho y el recuerdo de las lágrimas sagradas de Isabel me hace pensar ahora que volvería a cometer esa imprudencia cuantas veces fuese necesario con tal de poder contemplar una vez más esas gotas fértiles y negras que bebí con besos hechos de futuro. Para Isabel el castigo vino de inmediato. Una semana después de haber confirmado que estaba embarazada su cabellera amaneció profanada por un mechón de canas del color de la nieve. Ni siquiera una griega histérica en una tragedia de Eurípides o Sófocles, ni Medea berreando, ni Antígona gimiendo le llegaban a los talones a Isabel, quien, por supuesto, me culpó a mí por haberla dejado en ese bendito estado de gracia. Yo, siempre optimista, pensé que el mechón le sentaba de maravilla. Me parecía que le agregaba a su rostro un toque exótico de distinción y elegancia. Pero mi barato optimismo no le sirvió a su vanidad herida de muerte. Al día siguiente me levanté de mi rústico féretro y un dolor terrible en la espalda hizo que mis rodillas se doblaran. Supe por primera vez lo que significaba el dolor del cuerpo humano.

«Qué cosa tan nueva y qué experiencia más inútil», me dije. En ocasiones, por pura curiosidad intelectual, había meditado sobre su naturaleza ya que a través de los años lo había visto plasmado en los rostros agonizantes de mis víctimas. Pero siempre fui su causa y su sorprendido espectador, nunca su víctima. Sabía que desde un punto de vista científico el dolor es una estrategia del cuerpo humano para avisarle al cerebro que algo no funciona como es debido en alguno de sus muchos órganos, pero no me parecía que esta irritada expresión de los trabajos del sistema nervioso tuviese mucho que ver con los alaridos y las contracciones que yo observaba cada vez que le rasgaba con las uñas o los dientes alguna arteria a una jovencita jugosa. El dolor siempre me pareció algo italiano y teatral, una manifestación operística y melodramática producto del terror religioso y de la conciencia intelectual de que la vida estaba llegando a su fin.

El dolor de espalda, mi dolor de espalda, me daba ahora la oportunidad de entender esa sensación física que antes me era indiferente. Pensé entonces en ese otro dolor, aquél del que hablaban mis antepasados cuando éramos niños y escuchábamos con incredulidad los relatos de las persecuciones crueles, las pavorosas historias sobre los intentos de exterminio en contra de los nuestros, y el dolor abstracto dejó de ser en ese instante una metáfora o un motivo literario para convertirse en algo que ahora podía definir como dolor histórico. Pensé en la tortura y en los castigos que los humanos les habían infligido a aquellos de mi especie: aquellas estacas agudas, las espadas filosas que decapitaron a tantos de los nuestros. Pensé en una muerte dolorosa como algo tangible que yo también tendría que enfrentar si mi cuerpo y mi alma se llegaran a humanizar por completo. Me di cuenta de que vivir como mortal significaría sufrir la presencia inmanente del dolor como una realidad inevitable. El cuerpo mortal, consideré, se gasta con el uso, se atrofia, se estropea y no hay mucho más que hacer que acostumbrarse a ese deterioro progresivo cuyo único remedio infalible es la tumba. Una vez que comencé a entenderlo el dolor no se fue; por el contrario, se volvió más intenso.

«Ser humano», me dije entonces, «es existir para el dolor, es aprender a controlar el dolor que trae consigo el privilegio dudoso de la vida. ¿Qué dirán los filósofos?», me pregunté, y busqué en mis estantes su consejo. No me sorprendió el de Schopenhauer, quien al hablar del tema realizaba una verdadera apología de la edad: «Es costumbre general considerar felices a los jóvenes y pensar en la vejez como la parte triste de la vida. Esto sería cierto si las pasiones fuesen las que hacen felices a los hombres. La juventud es un constante ir y venir entre ellas y no nos traen sino una gran cantidad de dolor y poco placer. Con la edad las pasiones se enfrían y dejan descansar al hombre; a partir de entonces la mente adquiere una actitud contemplativa, el intelecto se libera y surge vencedor. En algún momento el intelecto escapa de la atmósfera del dolor y el hombre se halla satisfecho de que la razón sea su parte predominante. Necesitamos recordar que todo el placer es negativo y que el dolor es positivo por naturaleza para confirmar así que las pasiones nunca pueden ser una fuente de felicidad». Schopenhauer uno, la humanidad cero.

Mi admirado Emil Cioran, una especie de hijo perverso y radical de Schopenhauer, opinaba por su parte que «nuestros sufrimientos naturales e indeseados son demasiado incompletos. Depende de nosotros aumentarlos, intensificarlos, crear otros, artificiales, para nuestro regocijo. Abandonada a sí misma, la carne nos encierra en un horizonte estrecho. Solamente si la sometemos a la tortura aguzará nuestra percepción y ampliará nuestra perspectiva: la mente es el resultado de los tormentos que la carne sufre o se provoca a sí misma».

«¿Qué es más penoso entonces, el dolor físico o la conciencia intelectual del dolor que producen las pasiones?», me pregunté sin atreverme a juzgar la veracidad o el mérito moral de estas consideraciones ni a descalificar la autoridad intelectual de estos dos hombres. Tal vez la función del dolor es simplemente recordarnos que, no obstante el sufrimiento, estamos vivos y que nuestro primer deber es proteger ese estado de gracia a toda costa. Pero alguien como yo, condenado ahora a la brevedad en el espectro infinito del tiempo universal, ¿qué conocimiento podía tener de la terrible enfermedad fatal cuyo momento más bajo estaba dominado por la experiencia del sufrimiento físico?

Isabel decidió no teñirse el pelo. Yo pensé entonces, Max, que ése era el anuncio del final, el verdadero principio del fin.

MÉXICO

Mis ojos nuevos, humanizados y mortales, descubrieron a la Ciudad de México. Como en el cuento imposible del muchacho argentino que se enamoró de la inaccesible Beatriz Elena Viterbo, vi todas las calles de la ciudad y todos los rostros de las personas que transitaban por ellas de manera simultánea a través del tiempo. Descubrí los pasos de ocelote de los indios vestidos de manta blanca, la mirada orgullosa de los criollos inseguros, las facciones prietas y la mirada asiática de ladinos altaneros, el aroma de río de mujeres con trenzas brillantes y rebozos limpios, la sonrisa de los chinacos patilludos montados en sus cuacos y presumiendo orgullosos los botones de oro de sus chaparreras, zambos con atados de leña a sus espaldas, negros furtivos, curas ebrios y sucios, hacendados violadores, perros, infinidad de perros callejeros.

Vi la ciudad de México en el momento mismo de su fundación. En el *aleph* diminuto de mi amor dañado, vi cómo se asomaron por primera vez a este gran valle las tribus nómadas que venían del norte al altiplano en busca de la tierra prometida. Vi con azoro la primera mano mexica que tomó un puño moreno de tierra sin saber que con esa materia elemental se levantaría el imperio más grande y poderoso de toda Mesoamérica. Vi la primera semilla de maíz que penetró ese suelo y su fruto prodigioso semanas después. Vi el brillo en los ojos de un niño azteca —¿mi bisabuelo?— que descubría azorado la imagen imponente de un guerrero ataviado con el penacho y las galas de su atuendo de caballero águila. Percibí el aroma mineral de la sangre fresca de una doncella tlaxcalteca de catorce años, sacrificada en el primer templo sagrado. Vi a mi bisabuelo, el sacerdote supremo Tezcatlipitzin, sosteniendo en su puño recio un cuchillo de obsidiana negro como el miedo. Escuché, al ritmo de huéhuetls, chirimías y flautas de barro rituales, el último latir del joven corazón desnudo y respiré el olor embriagador del músculo bañado en sangre al acercarse a los labios de mi ancestro.

Descubrí la nieve original del Popocatépetl y el Iztaccíhuatl, que vigilan desde su centro en llamas el orden de la cosmogonía mexicana y miran fijamente con sus cuencas humeantes el espectáculo oscuro del universo infinito. Vi las manos oscuras que moldearon con herramientas de piedra las cabezas de serpiente que adornarían los templos, las pirámides regias, el Teocalli mayor. Escuché los cantos rituales de las ceremonias con que se honraba a Coatlicue, la de la falda de serpientes, y vi también sus negros ojos embrujados, por donde se llega a la región temible del señor de Mictlán, Mictlantecuhtli, quien cubre su cuerpo con huesos humanos y es seguido a todos lados por el murciélago, la araña y el tecolote, cuyo canto anuncia la muerte de quien lo escucha. Me asombré ante la pericia de los artesanos del metal que con filigranas de oro diseñaban las joyas que usaría el emperador para adornar su investidura y su rango con las más exquisitas creaciones de sus súbditos. Vi cómo corrían los tamemes veloces cargando desde las costas del Pacífico y el Golfo el pescado fresco que horas después los criados servirían en el palacio real.

Como el mismo Cortés y tantos otros después de él, enmudecí frente al esplendor de la ciudad que miles de esclavos construyeron sobre un lago ahora muerto y que siglos después sería reducida a polvo y piedra por los conquistadores y sus aliados para fundar sobre sus ruinas la noble y antigua capital de la Nueva España. Escuché la respiración nerviosa de los extintos lobos mexicanos y los tlacuaches, recelosos ante la presencia amenazante de los venados gigantes que montaban los hombres barbados y que eran centauros vestidos de hierro. Escuché los gritos de las mujeres violadas en noches ebrias y violentas. Escuché el último suspiro de Cuauhtémoc, «águila que desciende», el llanto del primer niño mestizo al nacer, y siglos después el eco de los cascos del caballo de Vicente Guerrero, el sonido que hacía al deslizarse sobre el papel la pluma de Ignacio Manuel Altamirano, el piano de Manuel M. Ponce, el suspiro enamorado de Ramón López Velarde, los disparos asesinos en la Plaza de la Tres Culturas y el silencio al caer la noche sobre el cuerpo desmayado de la patria y una vez más los pasos de mi abuelo en retirada, porque en los templos los dioses fueron derribados y ésta es la verdad negra y aciaga de la Historia.

CARMEN

Nadie esperaba que Carmen se nos fuera a morir de esa manera. O si lo esperábamos, como se prevé el colapso de alguien que no le tiene respeto a su propia vida y tarde o temprano pagará con gran perjuicio y grandes intereses acumulados por su irresponsabilidad y su descuido, jamás supusimos que sería tan pronto.

La orgía de alcohol y droga había comenzado un jueves a la hora de la comida con las predecibles llamadas telefónicas entre los celulares de los miembros de la maxibanda, incitándose mutuamente al exceso acostumbrado. Era un jueves común y corriente en la vida de los bohemios de la colonia Roma. Comieron, bebieron y consumieron gramo tras gramo de cocaína para poder seguir bebiendo, hablando de arte y poesía, criticando películas, hablando mal de todos los ausentes y apapachando el ego de los presentes. El viernes la pandilla salvaje amaneció en casa de Carmen después de largas horas de discusiones absurdas, pleitos entre amigos, perdones, reproches, críticas amargas a escritores y artistas y, por supuesto, más metros delgados de cocaína acompañados por botellas de tequila, vodka y docenas de latas de cerveza. Al mediodía el grupo se dirigió a una cantina cercana a almorzar pancita y continuar bebiendo. Yo me fui a mi casa para darme un baño y volví cuatro horas más tarde.

La cantina estaba llena hasta el tope porque había un partido importante de futbol. En los televisores, la selección mexicana enfrentaba a la escuadra nacional de Mongolia en un partido amistoso e íbamos perdiendo tres a cero, aunque el pronóstico había sido de goleada tricolor. Los ánimos estaban caldeados. Cada orgulloso mexicano daba muestras de su exasperación, su angustia, y se llevaba las manos a su cresta herida mientras tomaba una cerveza más, otro tequila y encendía otro Marlboro para poder controlar sus nervios. Max, como era de esperarse, elaboraba al alimón otra más de sus teorías sobre el carácter nacional y nuestra mediocridad en la cancha.

—Es muy simple —decía—, los mexicanos nos crecemos frente a los grandes y nos disminuimos ante los chicos. Cada vez que enfrentamos a Argentina o Brasil jugamos con todo, dominamos la cancha, Borgetti se luce, Cuauhtémoc mete un golazo, Ramoncito Morales se cubre de gloria y el desempeño futbolístico es más o menos digno aunque siempre nos ganen. Pero contra equipos menores como éste, doblamos las manitas y parecemos la compañía de danza folklórica de Tzintzuntzan tratando de bailar *El lago de los cisnes* en el Carnegie Hall o Alejandro Fernández dizque cantando ópera con su vocecita de mariachi desvelado.

»Mucho me he cuestionado este misterio —continuó Max—, y he llegado incluso a buscar alguna respuesta en *El laberinto de la soledad* sin encontrarla. He consultado las obras de Bernal Díaz del Castillo y las cartas de Cortés a Carlos V, para ver si en esos registros de la conquista hay alguna clave que nos explique la psicología del mexicano a la hora del combate con el enemigo. He revisado la *Visión de los vencidos* en la maravillosa traducción de León-Portilla, he leído a Monsiváis, a Rius y al ilustre filósofo Gabriel Vargas, y no he encontrado nada. No hay nada —dijo Max ante la mirada impaciente de Casto, que había comenzado a resoplar como potro encabritado—, ni en las fuentes mexicanas ni en las hispanas, que pueda ayudarme a entender esa gran decepción nacional conocida como el Tri. Sin embargo, queridos amigos, sí encontré en los anales de la mitología griega un mito fundacional que bien podría servirnos para comenzar a comprender nuestros humildes triunfos y nuestras humillantes derrotas.

Aquí Max hizo una pausa para observar, con irónica ceja arqueada, un avance prometedor de nuestro centro delantero que terminó con un predecible calcetinazo que envió el balón por encima del arco mongol. La cantina había dejado de respirar por unos largos segundos, creando un silencio expectante que se rompió para darle paso a los insultos y las exclamaciones de decepción previsibles. Casto, cuya espalda estaba hacia el televisor puesto que a él le tenían sin cuidado «los putos deportes y la puta patria», le dio un trago largo a su acostumbrado Absolut azul con agua tónica e increpó a Max:

—No mames, Max. ¿A quién chingados le importa otra teoría tortillera sobre estos futbolistas mediocres? Mira a esta bola de *güevones* —continuó agitado el novelista frustrado refiriéndose a nuestros conciudadanos—. Están aquí primero porque son unos borrachos y segundo porque no quieren estar en sus casas con sus viejas fodongas y sus escuincles, no porque les interese tanto este pinche partido.

Casto estaba pálido, con su rostro perlado de sudor como consecuencia de las largas horas de abuso físico.

—No, Castito —respondió Max alzando su vaso, donde reposaban unos hielos huérfanos, y haciéndolo oscilar como badajo para indicarle al mesero que le trajera otra copa—. Nuestros compatriotas están aquí porque son buenos mexicanos y porque éste es un rito nacional que nos compete a todos. No voy a tirarte el rollo chafa del juego de pelota prehispánico o los llevados y traídos gladiadores romanos, pero aquí mismo se dirimen tanto asuntos graves de identidad nacional como el futuro psicológico de la patria, aunque algunos intelectuales sangrones como tú lo nieguen por su esnobismo y su exquisitez elitista.

Max miraba fijamente a Casto y sonreía. Las vampis lo escuchaban con su típico arrobamiento y yo guardaba un silencio respetuoso porque no sabía absolutamente nada del tema.

—Checa esto, carnalito —continuó Max su perorata—, que no en balde soy uno de los pocos poetas mexicanos que se ha tomado la placentera molestia de leer a los clásicos: Hesíodo, en su poema sobre el origen de los dioses, la *Teogonía*, escrito alrededor del año 700 antes de Cristo, nos dice que en el principio de los tiempos existieron el Caos, Gea, protectora de las deidades del Olimpo, y Eros. Del Caos surgió la Noche y de la Noche nacieron el Éter y el Día. Gea dio origen a Urano y las Montañas, cantón de las Ninfas. Gea, que no estaba tan fea, se tiró a su hijo Urano y de ese acostón incestuoso nacieron Océano, Jápeto, los Cíclopes y Cronos, el más gandalla de todos. Aquí el mito se convierte en un chisme de vecindad porque todos se pusieron a coger con todos y por lo tanto las rencillas y los rencores dominaron el origen del mundo; luego se preguntan por qué la humanidad está tan loca y jodida. Jápeto, que es quien nos interesa en esta historia ejemplar, se tiró a una morrita oceánide, y de esa unión nacieron tres retoños: primero Atlas, luego el ladrón del fuego, Prometeo, y por último el torpe y bueno para nada de Epimeteo, quien representó a partir de entonces la ruina y el fracaso para los mortales. A Zeus, el dios supremo del Olimpo, le zurraban los hijos de Jápeto y, porque además de ser el jefe era muy cabrón, condenó a Atlas a cargar el mundo sobre sus hombros. A Prometeo se lo chingó por haberse robado el fuego sagrado para entregárselo a los hombres y a Epimeteo lo condenó a equivocarse siempre y asumir la responsabilidad de la derrota humana como castigo a su pendejez. Lo que importa aquí es que, de acuerdo con la *Teogonía*, son tres los personajes que al principio de los tiempos sufren la ira y el castigo de Zeus: a Atlas le echa la pelota mundial encima, a Prometeo lo ata con cadenas para que las aves de rapiña le devoren las tripas y al pendejo de Epimeteo no le perdona su torpeza. Éste es —concluyó Max—el componente mitológico de la maldición futbolística mexicana. Primero Zeus nos echa la pelota encima. Cuando nos atrevemos a jugar bien, Zeus nos castiga y nos condena a que las aves de rapiña nos devoren las entrañas. Cuando jugamos con torpeza y de manera mediocre somos igualmente penalizados porque ese fracaso en la cancha se convierte en el fracaso automático de los mortales mexicas, que habitamos este mundo sin esperanza de escapar algún día de esta maldición terrible. En otras palabras, Zeus odia a la selección mexicana y jamás vamos a poder ganar una copa mundial puesto que desde el mismo Olimpo se ha dictado la sentencia fatal. ¿Qué poca madre, no? A veces pienso que debí haber nacido en una favela de Río de Janeiro o en una villa miseria de Buenos Aires para tener una felicidad futbolera más intensa, carajo. —Y le dio un gran trago a la bebida que el mesero acababa de entregarle mientras sus vampis aplaudían felices.

—Qué sarta de absurdos. Max, hazme favor: Zeus odia a estos pendejos —dijo Casto, mientras se alejaba de la mesa rumbo al baño a cumplir su tarea intoxicante seguido por Carmen. Max aprovechó el cambio de tema para hablar de poetas griegos contemporáneos y yo para meditar sobre la inmortalidad del cangrejo.

A los pocos minutos Casto volvió a la mesa, agitadísimo y más pálido aún, urgiendo a Max para que lo siguiese. Éste se levantó apresuradamente, seguido por Carla, y ambos corrieron rumbo al baño. Un instante después Max se asomó por la puerta a gritarle al encargado del bar que pidiese una ambulancia. No fue hasta entonces que me acerqué al diminuto baño y vi a Carmen tirada inconsciente en el piso del baño salpicado de la orina de los parroquianos. Carla intentó darle respiración artificial pero no sabía cómo hacerlo. Max estaba arrodillado al lado de su náyade inerte sin saber qué hacer además de tomarle la mano al tiempo que le susurraba algo que no alcancé a escuchar. La ambulancia llegó y los paramédicos nos ordenaron que saliésemos del baño, cosa que

Max se negó a hacer. Cuando finalmente se disponían a subir a Carmen a la camilla, uno de los paramédicos dijo:

—Ya no la suban, ya no hay nada que hacer. La señorita tuvo un paro cardiaco fulminante y ya pasó a mejor vida. —Todos lo miramos estupefactos—. Sobredosis de alguna porquería —concluyó el ambulante, esbozando una sonrisa irónica y moviendo la cabeza con gesto reprobatorio.

Max había enmudecido, miraba fijamente el rostro de Carmen. Por largos segundos nadie dijo nada y yo no quise quedarme a ser testigo del protocolo amargo del dolor que trae consigo la muerte de alguien conocido. Se me ocurrió que ese instante trágico traía consigo una señal, una especie de promesa sucia, un paradójico mensaje de vida que la muerte viene a entregarles a los humanos. Se me ocurrió que esa muerte era una bendición disfrazada de dolor.

IV

EL CENTRO DEL UNIVERSO

LA NOCHE

Seguramente coincidirás conmigo en que la muerte de Carmen apresuró el fin de nuestras parrandas en las cantinas de la Ciudad de México, Max. Sé que para ti ella era más que una simple devota de tu fe. Sé que le dedicaste algunos poemas ambiguos. Sospecho que en la ambigüedad de esos poemas se escondía la declaración de tus afectos. Un día, mientras hablabas de ella, me recitaste de memoria un poema de Pacheco y dijiste que aquél era el único poema de amor —fallido, aclaraste— que el poeta había escrito. Recuerdo un par de versos: «Consideremos esa variante del amor que nunca puede llamarse amor, son aislados instantes sin futuro...».

Después del sepelio de Carmen, Chencha hizo todo lo posible para alejarte de tu club de *groupies* y de tus amigos dudosos que, según ella, no hacían más que acelerar tu proceso de autodestrucción. Chencha, por supuesto, tenía razón. Poco tiempo después, tú y Chencha salieron rumbo a España porque te dieron esa beca tan importante y decidiste quedarte por allá. Como seguramente recordarás, porque fue a partir de entonces que ambos comenzamos la relación epistolar transatlántica que ahora culmina con esta relación de hechos, yo aproveché aquella tragedia y tu ausencia para retirarme definitivamente a la serenidad de mi morada con el pretexto de mis estudios. Pero mi separación definitiva del grupo de poetas salvajes obedeció más que nada a mi deseo de acompañar a Isabel en el proceso misterioso de la gestación de nuestro hijo. Fue precisamente en esos primeros meses de embarazo que la enfermedad que nos venía devorando por dentro comenzó a manifestarse con toda la fuerza atroz que la ira de los dioses desató sobre nosotros. Y otros problemas surgieron.

Debe de haber sido a principios de septiembre, porque faltaban pocos días para mi cumpleaños. Los abogados de la familia convocaron a una reunión extraordinaria con el propósito de decidir la estrategia final que le garantizara a nuestro consorcio de empresas, tanto las legales como las ilícitas, el control de la zona del norte del país. ¿Te sorprende que tu amigo esté metido en negocios relacionados con la droga? Max, tendrías que saber que en esta economía todos los negocios, tanto los legales como los ilegales, están conectados de manera inexorable. En México ya no hay un solo peso que no esté manchado de sangre.

Según la agenda de aquella reunión, debíamos proceder con energía ante la irrupción de grupos rivales que venían disputándonos con violentas matanzas el territorio de distribución de la droga que transportábamos a los Estados Unidos. Les repetí lo que ya les había dicho en la reunión que habíamos tenido en Las Vegas dos años antes.

—No quiero que nos involucremos en más balaceras con estos sujetos.

A mí no me importaban en ese momento mis inversiones porque la muerte de Carmen, tu partida y sobre todo el complicado embarazo de Isabel, me habían sumido en un oscuro estado de ánimo. Además, la discusión no era nueva. Me había opuesto con anterioridad a la carnicería de narcos y me seguiría oponiendo con firmeza. Inmiscuirme en asuntos tan desagradables en la frontera norte, con tal despliegue de violencia irresponsable, me perturbaba y me parecía de muy mal gusto. Preferí encontrar refugio en la dicha de la paternidad inminente. Por esa razón, valiéndome de una serie de cartas poder y otros documentos semejantes, delegué todos mis asuntos legales a mi representante, Evil Mendivil. Ahora sé que haber eludido mis responsabilidades financieras y haber confiado en un abogado fue el error más grande de mi vida.

Antes del embarazo de Isabel yo ya había creado en mi mente la imagen ideal de un tiempo dominado por el júbilo de los días de espera con su cuota de amor paterno y devoción conyugal. Sucedió lo contrario. El estado de gracia de Isabel Tallulah, condesa de Saks y Lord & Taylor, le había agudizado cada instinto cruel y cada rasgo del temperamento violento y caprichoso que yo bien conocía. Tal vez, pensé en algún momento, yo era culpable a medias, puesto que yo mismo había concebido e instigado su adicción, ahora desmedida e intransigente, a la sangre de los niños mexicanos.

—Tenebroso —aullaba Tallulah a la medianoche—, quiero que te vayas a Polanco ahora mismo y me traigas un bebé, unos tlacoyos y un atole de fresa. Tenebroso, tengo antojo de niño güero de rancho y anchoas. Tenebroso, este chilpayate sabe a grasa, llévatelo y tráeme algo comestible que no quiero que mi hijo me vaya a salir con gusto de naco de Satélite. Tenebroso Acosta de la Cruz, tráeme algo que sepa a niño sano, no ves que estos críos de La Herradura comen más hamburguesas que un adolescente obeso de Chicago.

En mi casa se respiraba un aire pesado. Isabel le había prohibido a Mariselo Morales, debido a su flatulencia incontrolable, que se acercase a sus estancias, y mi fiel mozo estaba resentido y deambulaba por la casa mirándome a hurtadillas con ojos de vaca traicionada. Comencé a sentirme solo. En un momento de irresponsabilidad sexual busqué a Carla porque la memoria de nuestros encuentros apasionados me hizo sentir cierta nostalgia por mis días de soltería, pero una vez que estuvimos juntos su carne de güilota me causó tanto asco como la culpa de haber traicionado a mi esposa. Ciego de enojo contra mí mismo, la maté. Me marché de su casa dejándola tirada en un charco de sangre, porque no me atreví a beber ese líquido contaminado por tanto alcohol y tanta droga. Recuerdo que en el momento de cerrar la puerta de su departamento consideré la posibilidad de que con el acto recién cometido yo había terminado con la vida de una lujuriosa, pero me di cuenta de que ante la necesidad de sobrevivir nuestra enfermedad yo ya había abandonado hacía mucho tiempo mi labor quijotesca de exterminio de los pecadores del mundo. Muertas Carmen y Carla, Max, entendí que además de ti y Casto el resto de nuestros amigos no habían sido sino comparsas que desaparecieron para hundirse en sus respectivas vidas o sentarse pacientemente en otras cantinas a la espera de un nuevo mesías.

Juramento Casto nunca fue un diletante literario —o «literante», dirías tú— como los otros. De su pluma refinada habían surgido al menos tres libros de ensayos que permanecerán como testimonio de su inteligencia crítica. Pero Casto se había recluido en su espacio existencial para tratar de terminar, sospecho, esa no-novela reacia. Yo no era escritor ni artista, era un simple amante de la poesía y del arte, un lector devoto que creía que los libros eran la expresión más alta de la amorosa, paciente y difícil labor de rescate del gran mito fundador de la humanidad. Estaba equivocado, como me he equivocado en tantas otras cosas. Ahora sé que los libros son apenas intentos desesperados para sobrevivir esta larga noche oscura invadida por la conciencia de la muerte. Son cartas que los escritores les envían a sus muertos. Mensajes para los amores imposibles y los amigos que nunca conocimos. Recordando tus palabras sobre Hesíodo y sus poemas, recordé que era precisamente en uno de ellos donde el poeta, contemporáneo de Homero, hablaba sobre el mito fundacional de la noche. Yo, que soy hijo eterno de ésta, me estremecí ante una certidumbre que me vino a partir de esta memoria. De acuerdo con Hesíodo, la Noche —con mayúsculas, puesto que es una creación divina— es la madre del Día porque es su creadora. Es también madre de la Muerte porque ambas tienen la misma naturaleza fría y oscura. Es madre del Sueño porque éste es hermano de la Muerte y ambos habitan el mundo nocturno. Es madre de la Burla, el Lamento, la

Venganza, la Vejez y la Discordia, porque todas ellas son sombrías y son funestas y, finalmente, es madre del Engaño y del Contacto Amoroso porque estos son casi siempre practicados al amparo de ella. Hesíodo ya había definido dos mil setecientos años atrás los elementos de mi condena eterna, Max, y esta conciencia comenzó a molestarme cada vez más, puesto que como hijo de la noche, yo también era hermano de la muerte. Como hijo de la noche estaba emparentado, de acuerdo con el griego, con el sueño, la burla, el lamento y la venganza. Por lo tanto, mi identidad era necesariamente oscura y maldita. ¿Por qué entonces me sentía triste ante la ausencia de un amigo y la muerte constante de mis conocidos? Había llegado el momento de aprender los detalles del oficio humano. «Podría comenzar por buscar a Dios y a la Virgen», pensé, «después de todo, además de ser inmortal soy mexicano y los mexicanos somos guadalupanos».

Busqué en mi biblioteca el fino volumen de la obra prosística de Quevedo, caballero del hábito de Santiago y señor de la villa de la Torre de Juan Abad, porque mi edición contiene su traducción de la *Introducción a la vida devota*, obra máxima del doctor de la Iglesia san Francisco de Sales, quien fuese príncipe y obispo de la colonia de los alóbroges y es, además, el santo patrón de los escritores y, vaya ironías de la vida, de los sordomudos. Irónico también el principio de la obra porque en él nuestro santo se da de santos al evocar las maneras falsas en que la devoción puede ser expresada por aquellos que quieren acercarse al amor de Dios. Dice el doctor: «Cada uno pinta la devoción según su pasión y fantasía. El que se da al ayuno se tendrá por muy devoto sólo porque ayuna, aunque por otra parte tenga el corazón lleno de rencor y malicia; y sin osar tocar su lengua a vino ni agua por templanza, no se le dará nada de meterla y cebarla en la sangre de su prójimo a fuerza de murmuración y calumnia». Aquí casi detengo mi lectura y cierro el libro porque la alusión a la sangre del prójimo me hizo sentir culpable, pero decidí que sólo se trataba de una figura literaria empleada por el escritor para aludir a los dobleces de la hipocresía. Continué leyendo: «Otro se tendrá por muy devoto porque cada día dice una gran multitud de oraciones, aunque después deshaga su lengua en palabras enojosas, arrogantes e injuriosas, así con sus domésticos como con sus vecinos. Otro sacará de buena gana limosna de la bolsa para dar a los pobres, y no podrá sacar del corazón dulzura y piedad para perdonar sus enemigos». «Qué santo más chingón», me dije usando ese mexicanismo que por lo general evito, pero que en esa ocasión surgió espontáneamente de mi boca. «Todos estos son tenidos vulgarmente por devotos, nombre que de ninguna manera le merecen. Buscando la gente de Saúl a David en su casa, puso Micol en una cama una estatua cubierta y adornada de los vestidos del mismo que buscaban; con que hizo creer a la gente de Saúl que el que al parecer dormía era David, que estaba enfermo. Así muchas personas se cubren de ciertas acciones exteriores, aparentes a la santa devoción, con que el mundo las tiene por verdaderamente devotas y espirituales, no siendo en suma sino estatuas y fantasmas de devoción.»

«Esto me gusta», me dije. Consideré que sería muy fácil convertirme al catolicismo puesto que lo expresado por el santo era no solamente acertado sino que contenía una verdad ética universal. No entendí que no enseñasen estas valiosas lecciones de vida en las escuelas del gobierno en vez de impartir esas clases inútiles de civismo o álgebra. El país sería otro si en vez de tanta tontería seudocientífica o patriotera los maestros impartiesen lecciones de honestidad, cortesía y buenos modales, sobre todo estos últimos. Intenté continuar con mi lectura, pero la voz potente de Isabel me interrumpió para ordenarme que saliese a buscarle unas quesadillas de huitlacoche y una Sangría Señorial al tiempo.

DON FÉRREO

Cuando volví a casa, luego de cumplir su encargo, tuve la infeliz ocurrencia de comunicarle a Isabel mis dudas metafísicas e incluso algunas de mis inquietudes religiosas. Gran error. La primera reacción de Isabel Tallulah, condesa del Waldorf Astoria y Marc Jacobs, fue recordarme mi deber moral como padre, o futuro padre, de quien estaba destinado a ser no el heredero, sino la heredera de la casa Acosta-Rockefeller.

—No es posible, Tenebroso Acosta —dijo—, que a estas alturas te estés dando el lujo de una frívola crisis religiosa. Debe de ser la cercanía de tu cumpleaños. ¿Qué clase de enseñanzas le vas a dar a nuestra hija? —Desconocíamos el sexo de nuestro hijo, pero Tallulah quería una hija que se pareciese a ella, sobre todo para que no se pareciese a mí—. Además, estás a punto de cometer la traición más horrible que ninguno de nuestros antepasados se hubiese podido imaginar. ¿De qué ha servido, Tenebroso Acosta, el sacrificio de tantos inmortales? ¿De qué sirvió que yo viniese a este lugar peligroso y salvaje a tolerar la humillación de mi imagen distorsionada en el espejo y a respirar este aire inmundo que contiene miles de toneladas de mierda pulverizada que ponen en riesgo la salud de mi hija? ¿De qué ha servido el conocimiento que se ha transmitido de generación en generación si tú me sales ahora con que estás a punto de entregarles tu alma a los enemigos de nuestros padres y de los padres de nuestros padres? No me hables no me toques no te me acerques —dijo sin comas y visiblemente agitada al tiempo que se alejaba de mí con un gesto teatral.

Tallulah se metió a su habitación y echó el cerrojo para comerse sus quesadillas con su refresco favorito sin tener que soportar el indigno espectáculo de mi cara.

Yo no supe hasta una semana después lo que Isabel hizo después de ese enojoso momento, cuando en la casa sonó la campana de Dolores con su funesto redoblar patriótico y Mariselo Morales vino a avisarme que había llegado un visitante. Yo me encontraba estudiando *La ciudad de Dios*, de san Agustín, y la interrupción de mi mayordomo me pareció de mal agüero. Yo no esperaba a nadie. La última persona que había llegado hasta el umbral de mi casa en medio de la noche me había dejado el pecho cicatrizado con la ilusión humana del deseo. Ya nadie venía a verme. Mis amigos estaban muertos o en el destierro voluntario. Instruí a mi criado para que hiciese pasar al extranjero.

—No es de estos rumbos —había dicho Mariselo Morales.

Me saqué las cómodas pantuflas de piel de lobo de Sonora, me puse un saco y después de calzarme un par de zapatos de vestir me dirigí al encuentro del extraño. Cuál no sería mi sorpresa —y la indignación, misma que tuve que disimular no sé con cuánto éxito— al encontrarme frente a frente nada menos que con el venerable sabio y doctor don Férreo Torquemada y López, duque de la Villa Real de Pocasangre, tío favorito de Isabel, contraexorcista notable, académico reputado, doctor en artes negras y malignas y renombrado psiquiatra de inmortales.

Don Férreo era un señor chapado a la antigua. Ya nadie, salvo él, se ponía chistera y polainas. Ya nadie usaba bastón. Ya nadie se engominaba el bigote. Ya nadie usaba esa parafernalia propia del siglo XIX salvo el tío de Isabel, quien, como constataba su presencia, debía de querer a mi esposa más que a la niña opaca de sus ojos. El inmortal había acudido con presteza al llamado de mi consorte con la preocupación de quien no desea que nada afecte la felicidad de un ser querido. El ilustre varón notó mi desconcierto y me dijo, sin siquiera esperar a que yo le ofreciese algo de beber:

—Querido Tenebroso, he venido porque no quiero que ocurra una tragedia, menos ahora que nuestra Tally aguarda la llegada de la santa murciélaga, así que dile a tu mayordomo que me traiga un coñac y hablemos de inmortal a inmortal.

El sabio medía más de dos metros. Sus penetrantes ojos amarillos, enmarcados por unas cejas blancas hirsutas y una melena gris de bohemio parisino decimonónico, me produjeron un estremecimiento que no había sentido en muchos años. La última vez que me sentí así fue cuando, siendo yo un infante, mi madre me reprendió severamente por haber decapitado a cinco de sus gatos favoritos.

«Tenebroso», recuerdo que su mirada dejó de ser maternal por un instante, «para nosotros los gatos son sagrados. Cada gato que muere de manera natural se convierte en un ángel negro que nos protege cuando dormimos durante el día, pero cada gato que muere asesinado se queda en el limbo de los felinos hasta que llegue el fin de los tiempos, y eso, mi amor, es mucho tiempo para un pobre gatito».

Ahora la misma sensación de haber hecho algo prohibido me asaltó. Hice sonar la campana de servicio y mi criado acudió presto. Le ordené que trajese una de nuestras mejores botellas de coñac.

—¿De dónde hostias viene ese hedor infernal? —preguntó don Férreo mientras Mariselo Morales se retiraba.

Mi tío político cargaba con un maletín que con toda certeza contendría volúmenes incunables de magia negra, ungüentos, artefactos misteriosos, pomos ambarinos con pociones misteriosas y otros objetos curativos propios de su oficio, pensé. El inmortal se sentó en una poltrona de cuero y me ordenó que hiciese lo mismo. Mi sirviente volvió con las bebidas y se retiró.

—Coño, Tenebroso —don Férreo resopló como jamelgo—, ¿por qué diablos huele a mierda?

El sabio sacó de su maletín un abanico sevillano y alejó de su persona el olor terrible de los pedos mariselianos, carraspeó con un sonido que hizo que las vidrieras de mis libreros se estremecieran y fue directo al punto.

—Caro pariente político, he acudido al llamado de tu mujer porque, de acuerdo con ella, y no sabes lo alterada que se encuentra, cosa nada deseable en una inmortal en su estado, estás atravesando una crisis, digamos, religiosa. Ahora, esto lo ignora Tally y no quiero que se lo digas... —Aquí hizo una pausa y le dio un sorbo a su coñac—. Pero no eres el primero que sufre una de estas confusiones. Esto no quiere decir, Belcebú no lo permita, que lo que estás haciendo sea aceptable, digamos, pero que te sirva de consuelo saber que ya se han dado casos semejantes entre los nuestros. En estas latitudes del planeta hubo dos conversos que todavía sufren en el averno las consecuencias de su debilidad de carácter y de su frivolidad. El primero fue don Hernán Cortés, un inmortal que fue enviado en una misión secreta a procurarnos bienes y propiedades en este continente y que terminó siendo seducido, primero, por los recursos inagotables de la realeza española, quienes le ofrecieron títulos nobiliarios y su registro indeleble en los libros de historia, y segundo, por la perfidia de los funcionarios de la Iglesia católica romana, quienes le prometieron salvación para su alma a cambio de que entregase el oro que de manera tan valiente les había arrebatado a los nativos de esta región. El segundo fue Antonio López de Santa Anna, cuyos errores garrafales y terrible vanidad lo llevaron a la ignominia total y tuvo que quedarse en la región gris que es ese limbo silencioso en donde se quedan los inmortales traidores. Ahora estamos tratando de decidir qué vamos a hacer con otros dos inmortales mexicanos que se nos salieron del huacal, digamos; el primero es un encapuchado que anda en el sur de tu país jugando al mesías con los indios chiapanecos y el segundo es un expresidente orejón que nos salió más cabrón e hijo de puta que el mismo Satanás. Tu crisis, Tenebroso —continuó el tío parlanchín—, si bien no es normal es algo que ya hemos visto en repetidas ocasiones. Además, y que esto os sirva de consuelo a ti y a tu mujer, es perfectamente tratable. Así que comencemos por el principio. Quiero que me expliques qué coño te está pasando.

Aquí el venerable sabio detuvo su perorata y se arrellanó en lo más hondo del asiento a esperar mi respuesta. Dudé un momento antes de comenzar a hablar. Le di un trago a mi copa mientras pensaba que podía rehusarme a compartir con él mis inquietudes intelectuales y espirituales. Se me ocurrió que simplemente podía decir que no, que mi crisis era mía y que, con todo respeto, prefería no discutirla. Pero apenas terminé de considerar esto, evoqué la fantasmagórica imagen del rostro de Tallulah, que apareció frente a mí como si fuese una virgen en un cuadro renacentista, flotando en una nube furiosa y fulminándome con el fulgor flamígero de sus ojos fatales color fucsia. Decidí entonces que era preferible hablar antes que arriesgarme a enfrentar el enojo magnífico de mi cónyuge. Por otra parte, consideré, este hidalgo era prácticamente el equivalente inmortal de un santo humano. Él podría ayudarme a encontrar una manera práctica de salir del atolladero espiritual en que me había metido por curioso y escéptico. «Tal vez ni siquiera estoy condenado a morir», me dije. «Tal vez él puede curarme.»

Le referí entonces con lujo de detalle lo que había descubierto. Le dije que mi temor más grande era que nuestro mal fuese una enfermedad nueva que nos aniquilaría en poco tiempo. Le expliqué que la humanización del vampiro era algo de lo que no había tenido noticia hasta que descubrí el códice secreto entre los manuscritos de mi padre. Le dije que había buscado en vano alguna información en nuestros libros sagrados que me revelase la existencia de un antídoto, de una poción curativa.

—Busqué en los archivos de la familia, en mi biblioteca, y no encontré nada —continué—. Me mortifica que Tallulah ande por el mundo con un mechón de canas como una Tongolele de ultratumba. Me angustia pensar que nuestro hijo, hija quiero decir, esté contaminada.

Le confié que jamás había sentido ningún tipo de emoción ante la muerte de un mortal y las muertes de mis amigos me habían sumido en una pesadumbre inédita.

—Don Férreo, lo peor de todo es que me siento solo, humanamente solo, y le he comenzado a tener miedo a nuestra madre la muerte.

Mientras yo hablaba, don Férreo me escuchaba con gran atención atusándose el bigote como si fuese el viejo actor Fernando Soler en *La oveja negra*. Me observaba con mirada cejijunta al tiempo que asentía o carraspeaba. De vez en cuando interrumpía el manoseo de su mostachón para anotar algo en una hermosa libreta forrada de cuero («Piel de disidente cubano que mi primo Fidel me consigue», me explicaría más tarde) o para cruzar o descruzar la pierna. Cuando terminé mi relato, don Férreo carraspeó con potencia, se levantó de la poltrona apoyándose en las viejas rodillas y comenzó a dar vueltas por la biblioteca. Luego de unos minutos se me acercó y con ambas manos procedió a examinarme el cráneo. Me pidió que le mirase de frente y me revisó los ojos. Me hizo sacar la lengua. Me auscultó para asegurarse de que estuviese bien físicamente. Después de unos minutos volvió a su sillón, se puso el maletín sobre el regazo, sacó un grueso libro de su propia autoría titulado *Malleus benedictorum* y se puso a hojearlo hasta que encontró la página que buscaba. Tosiendo y carraspeando, don Férreo leyó en silencio por espacio de largos minutos.

—Creo, Tenebroso —dijo finalmente—, que te puedo curar. Me parece que padeces un caso de intoxicación simple. Tu teoría, tu famoso descubrimiento, es parcialmente verdadera. Y por cierto, quiero que me muestres esos documentos que dices pertenecían a tu abuelo. El exceso de sangre humana al que habéis sometido vuestros cuerpos les ha producido a ti y Tallulah una reacción, digamos, alérgica. No te molestaré con términos demasiado técnicos, pero podríamos decir que vuestra sangre se ha vuelto afín a la sangre mortal. Esto es grave si no se identifica a tiempo, pero afortunadamente Tally me ha llamado y puedo someteros a un tratamiento que, siempre y cuando sea seguido con rigor, les devolverá a su estado de salud previo a la contaminación en un par de meses, creo yo. Antes de irme te daré las instrucciones detalladas de lo que deseo que hagáis, pero ahora quiero que me lleves ante mi adorada Tally, que me muero de ganas de acariciar esa panza inmortal.

No es fácil expresar la sensación de alivio, así como el cariño espontáneo que sentí por ese santo varón que había venido a devolverme la fe en mi futuro, incierto hasta hacía escasos diez minutos. Don Férreo salió de la biblioteca a encontrarse con Tallulah y yo los dejé a solas para que pudiesen hablar con tranquilidad. Pensé que a partir de ese momento tendría que reevaluar mi actitud y mi comportamiento zigzagueante. Tenía frente a mí una segunda oportunidad y no podía desperdiciarla. No sabía aún que don Férreo Torquemada y López estaba equivocado y que mi esperanza inútil, flor del desconsuelo, ya se había marchitado para siempre.

DIETA

Don Férreo vivía en Villanueva de los Infantes, la pequeña ciudad de La Mancha donde murió Francisco de Quevedo, misma en la que, según algunos estudiosos, el noble hidalgo Alonso Quijano había vivido una existencia mediocre antes de volverse loco y feliz. Allí era donde estaba dedicado, como un asceta, a sus estudios y a la meditación. Su misión intelectual, que había definido con claridad hacía muchos años, era escribir la historia del mundo desde el punto de vista inmortal. Rescatar «la verdadera historia de nuestra estirpe para despojar a los humanos del estandarte cristiano de su falsa verdad».

—Todo lo que los inmortales sabemos, Tenebroso —elaboró don Férreo una noche en mi biblioteca mientras se jalaba los bigotes—, o lo que creemos saber sobre la ciencia, el arte, la religión y las humanidades, es resultado del punto de vista humano. No hay libros de historia inmortal, no hay tratados científicos, no hay libros sagrados, recetarios de cocina, películas, novelas, muebles, edificios, jardines o esculturas que hayan sido concebidos y realizados sin el punto de vista hegemónico y cristiano de los mortales. Y no hay, querido sobrino, un tratado histórico que represente, exprese, contenga y afirme, digamos, el punto de vista de los inmortales que habitamos el mundo. Nadie ha contado nuestra historia. Desde tiempos inmemoriales hemos sido el otro desconocido, el otro temible, la amenaza elegante que ha servido como excusa para que los humanos escriban novelas infames, filmen películas atroces, divulguen mentira tras mentira sobre nuestra identidad, nuestros hábitos y nuestro origen. Ésa es mi humilde pero importante misión: contar nuestra verdad.

«Cierto», pensé, «cuán cierto es lo que dice este ilustre varón». Recordé que los libros de mi biblioteca eran en su totalidad textos escritos por mortales y esto hizo que me sintiese como un traidor. Nunca antes me había cuestionado el haber aprendido de ellos todo lo que sé de historia, filosofía y literatura. Se me ocurrió que había vivido una vida falsa. Una existencia que reproducía un modo de vida que no era el nuestro. «Soy un impostor», pensé con amargura. «¿Qué sucede cuando uno vive a ciegas una realidad cuyos puntos de referencia históricos y culturales no le pertenecen?» Imaginé una biblioteca hipotética de libros escritos en una lengua extranjera y exótica cuyo propietario no podía leer porque desconocía ese idioma. O la triste biblioteca de un analfabeta: el lector —un lector impotente, inadecuado— nunca alcanzaría a entender y disfrutar plenamente el contenido de esos libros. Esas bibliotecas existían en alguna parte. En algún lugar de esta ciudad había una biblioteca privada que no contenía libros escritos en español sino en idiomas que su propietario desconoce. ¿Qué relación podía tener esa persona, ese lector castrado, con sus libros ilegibles? ¿Y qué relación podía tener con la vida ese no lector? ¿Para qué le servían esos poemas, esas novelas, esos tratados de religión e historia? Uno es lo que lee. El lector, para usar una imagen familiar, se bebe la sangre del escritor, se nutre de ella. Si esa sangre no es compatible, si la sangre envenena su sistema, ¿de qué sirve entonces la lectura? «Cierto», me dije, «hay que leer, pero uno tendría que leer los libros que le pertenecen por derecho moral. Si los que uno necesita no existen, uno tendría entonces que escribir sus propios libros, como don Férreo».

—Mucho de lo que aprendemos depende no nada más del punto de vista del escritor sino también del punto de vista del lector —decía don Férreo y explicaba—: estamos condenados a interpretar el mundo de acuerdo a lo que sabemos de él por experiencia propia, y la lectura no es experiencia propia, Tenebroso: es experiencia que uno se apropia sin haberla vivido —afirmaba atusándose el bigote—. Es prudente leer a aquellos cuyas experiencias podemos compartir o entender. Los autores son como los miembros de nuestra familia o como nuestros conocidos: hay que escuchar las palabras de los que nos quieren bien, no de aquellos que nos odian o nos tratan con indiferencia.

Por una asociación de ideas, eso me hizo pensar una vez más en algunos de los amigos de las veladas bohemias que nunca hablaban de los escritores de nuestro país más que con desprecio y reaccionaban con auténtica alegría ante la invocación del nombre de un autor extranjero. ¿Se odiaban en el fondo? ¿Despreciaban su origen? ¿Se avergonzaban de haber nacido en Cuajimalpa? ¿Eran londinenses o venecianos que habían nacido por error en Tlaquepaque o Tlalnepantla?

Algo semejante les pasaba a muchos habitantes de la ciudad, que buscaban en otros lados algún punto de referencia que les ofreciese alguna verdad imaginaria sobre ellos, cuando la única verdad a la que podían aspirar estaba frente a sus ojos, hecha de experiencia cotidiana y materia verificable en lo inmediato y no en lo hipotético. Recordé a nuestro poeta nacional, quien le habló a su país, herido después de una revolución sangrienta y necesitado de consejo, de esta manera: «Patria, te doy de tu dicha la clave:/ sé siempre igual, fiel a tu espejo diario…». Y ésta era, parecióme, la clave de la dicha de cada uno de nosotros, inmortales y humanos: serle fiel a nuestra propia imagen, a nuestras costumbres, a nuestra historia, a nuestro idioma.

El mejor ejemplo que me vino a la mente fue precisamente uno que tenía frente a mí: el de mi mujer. Isabel Tallulah siempre había sido igual a sí misma, fiel de manera incondicional a su pasado, a su persona y a su pasión por las cosas bellas de este mundo. Era como una piedra en un poema de Alberto Caeiro, o como una flama dentro de un volcán: no necesitaba preguntarse nada sobre su identidad, como la piedra era sólida, brillante como la flama. Existía sin cuestionamientos porque en ella no había ni espacio ni tiempo para la duda. Ahora mismo Isabel Tallulah, condesa de Chanel, guardaba dentro de ella la certeza más grande que una mujer mortal o inmortal pudiese tener. El ser que crecía en su vientre le daba el peso más absoluto que nadie pudiese tener sobre la tierra: sería madre y dentro de ella no había espacio para la incertidumbre. Yo, en cambio, con frecuencia me detenía a hacerme preguntas torpes y tal vez innecesarias. Mis días estaban dominados por la duda.

—Don Férreo —pregunté—, ¿qué hace uno frente a la duda?

—Eliminarla, Tenebroso; pisotearla como cucaracha insolente. Mírate en el espejo. Tu rostro es viejo en el tiempo. Yo conocí a tus ancestros y tú eres como ellos. Tus ojos son la continuación de los de ellos.

Esa noche, recuerdo, consulté mi historia en el espejo pero nada más vi mi mirada incierta. Me interrumpió Tallulah.

—¿Qué haces mirándote como un Narciso de pacotilla? ¿Te salió un grano en la nariz? ¿Te cenaste a otro argentino?

Estaba de muy mal humor. Días atrás don Férreo le había dicho que tenía que someterse a una dieta especial. Ni siquiera Isabel Tallulah, condesa de Mevalemadres, se atrevía a contradecir a su tío.

—Cuanto antes —le había dicho el viejo sabio—, tienes que eliminar de tu dieta esa sangre infantil pequeño-burguesa con la que te vienes empachando desde hace meses.

Nuestra dieta consistiría, a partir de ese momento, de los jugos de ciertos vegetales, especialmente el del betabel, porque como la sangre es rico en hierro. El régimen también incluía carne de iguana al gusto, gusanos de maguey al dente, ranas tlaxcaltecas, caracoles panteoneros y nopales orgánicos de Milpa Alta. En vez de Champán de la Viuda nos tendríamos que conformar con pulque de Tequixquiac, el poblado antiguo donde el gran humanista y pintor Aarón Hernández Montaño había nacido un siglo atrás.

Según don Férreo, estos alimentos contenían todos los elementos nutricios que nos proporcionarían sustento y purificarían nuestros organismos envenenados. Tallulah no estaba para nada contenta con esa prescripción. Estaba furiosa, enojada, indignada, sacada de onda, friqueada y deprimida. No era nada fácil obligar a una inmortal embarazada a que alterarse de manera tan radical sus hábitos alimenticios y yo, por supuesto, tendría que pagar con mi humillación y mi paciencia su mal humor y su apetito frustrado, porque su alegría era mi tranquilidad y su pesar mi castigo.

A partir de aquella noche, para distraerse y no pensar en la jugosa carne de los chamacos mexicanos, a Tallulah le dio por cantar. Primero se puso a cantar ópera y arias napolitanas. Después decidió aprenderse de memoria todas las canciones de Cole Porter y Agustín Lara. La casa de Coyoacán se convirtió en una ruidosa sala de conciertos. Al principio era una delicia escuchar a Tallulah frente al piano cantando arias de Puccini y Verdi o entonando boleros y baladas que yo nada más le había escuchado a Toña la Negra y a Ella Fitzgerald. Pero al paso de los días el concierto se volvió insoportable. Cuando llegaba la noche y daba principio la jornada talulesca de canto, yo sentía que estaba en una película de los años cuarenta y que de algún lugar de la casa comenzarían a salir mujeres de la vida fácil, fumando cigarrillos rubios con largas boquillas y luciendo entallados vestidos de satín, porque lo primero que oía, como anuncio de que las sombras habían descendido hasta nuestra casa, era «Veende caro tu aammor, aavenntureeera». Hacia la medianoche, Lara le cedía el paso a Cole Porter y a mí automáticamente se me antojaba un martini, que no me podía tomar porque la dieta excluía el alcohol. Hacia las tres de la mañana, Tallulah, posesionada de su papel de soprano fatal, entonaba los primeros versos de «Caro nome», del *Rigoletto* de Verdi, como si fuese un pájaro lento que se aprestase a levantar el vuelo hacia las horas profundas de la noche. Como todo mundo sabe, esa aria es lenta y dulce si quien la canta es Graziella Pareto o Adelina Patti, pero en la garganta de Tallulah era una exhortación a la batalla, misma que se desataba de manera furiosa a continuación con un surtido rico de Boito, Giordano, Donizetti, Mascagni, Fraschetti, Ponchielli y cuanto italiano con nombre de fideo o queso tuvo la infeliz ocurrencia de escribir ópera en el siglo XIX. Las horas interminables de canto apasionado comenzaron a crisparme los nervios y decidí que tendría que salir de mi encierro para evitar que Tallulah me arrojase el piano a la cabeza si me atrevía a protestar por los recitales ruidosos e infinitos. Me dediqué a vagar solo por las calles. Tallulah cuatro, Tenebroso cero.

Don Férreo prolongó su estancia en México porque quería disfrutar al máximo la cercanía de su querida sobrina. Una noche inolvidable, en medio de una cena en la que el ilustre doctor nos obsequiaba con anécdotas de su juventud, Tallulah me dio una sorpresa que me dejó turulato de felicidad.

—Tenebroso, mi tío nos va a casar mañana.

En efecto, mi novia eterna había hablado con su tío y le había dicho que ahora que estaba embarazada no quería tener una hija bastarda. Don Férreo, en su calidad de varón más viejo de la familia, tenía la autoridad legal y moral de acuerdo a los códigos establecidos siglos atrás por nuestros antepasados para unirnos en sagrado matrimonio inmortal. Al día siguiente en la intimidad de nuestra casa se efectuó la sencilla ceremonia teniendo de testigo a mi fiel Mariselo Morales, quien derramó unas lágrimas sentidas y nos preparó una cena memorable por la falta de sangre. Mi vida estaba completa.

JUSTICIA TERRENA

Con un humor de los mil demonios porque las órdenes de don Férreo Torquemada lo habían privado de uno de sus pocos placeres: cocinar lo que le viniera en gana, Mariselo Morales me condujo una tarde en el viejo Galaxy hasta el centro para que mi sastre me tomase las medidas para un traje nuevo. Gracias al tráfico imposible del centro de la ciudad, cuando llegamos al local de Cinco de Mayo la sastrería ya estaba cerrada. Le pedí a Mariselo que me llevase a la Alameda, donde se me antojó sentarme un rato a ver pasar las ratas. El trayecto nos había robado dos horas del día. «A esta ciudad le vendría bien un desastre nuclear que elimine a la mitad de sus habitantes», me dije mientras comenzaba mi recorrido por el pequeño paseo que durante más de cien años ha servido de punto de encuentro y refugio para la meditación a enamorados, carteristas, prostitutas, teporochos, adúlteros, proxenetas, pachecos, pachucos, mucamas y poetastros desempleados, valga la redundancia. «Qué noche ambarina de plenilunio», pensé al ver la luna, con la cabeza intoxicada por el lenguaje modernista del músico poeta Agustín Lara. Los últimos empleados abandonaban sus oficinas como sombras o como almas en pena y entraban o salían de la estación del metro como de un poema de Pound. Sentado en una banca miré el Palacio de Bellas Artes, con orgullo y nostalgia por la época de oro en que fue levantado, y recordé el palacio en ruinas de los gatos. Decidí ir a visitarlos. Crucé San Juan de Letrán (cuyo nuevo nombre jamás aceptaría) y por un instante tuve la tentación de entrar a algún lugar a tomar una copita. Podría ir a La Ópera a tomar un caballito de tequila o podría entrar al Sanborns de la Casa de los Azulejos y ordenar un jugo de betabel, pero la idea de ingerir alcohol o un jugo de sangre falsa me pareció poco atractiva. Opté por el paraíso felino. La imagen de los gatos decapitados de mi infancia me asaltó por segunda vez.

 El lugar ya no era el mismo. La demolición había avanzado mucho y ahora los pequeños tigres ya no tenían el lujo de un palacio vacío, sino que habían sido forzados a hacinarse en una área mucho más reducida. Por esta razón parecían más numerosos. La noche había avanzado y la luna se mostraba redonda y amarilla como la retina vidriosa en el ojo de un lobo tan grande y oscuro como el mismo universo. Su brillo macilento, bien lo sabía yo, era capaz de inspirar poemas mediocres o suspiros de amantes nostálgicos, pero en nosotros los inmortales provoca una ansiedad primitiva que algo tiene de voluptuosa y algo de criminal. Los gatos me reconocieron de inmediato y se acercaron a mí. Me senté en una escalinata derruida a conversar con ellos empleando automáticamente esa voz tonta con la que uno se dirige a los animales, a los niños y a los viejos. Miré a mi alrededor y descubrí un bulto al otro extremo de la explanada cubierta por cascajo. Con pesar me di cuenta de que se trataba de un montículo de gatos muertos. Los cadáveres diminutos aún no despedían el característico olor a descomposición, por lo que deduje que habían sido ejecutados recientemente, con toda certeza envenenados o estrangulados ese mismo día. Un gatito gris se acercó a mi pierna y comenzó a frotarse contra el pantalón maullando con urgencia. Tenía hambre. Lo alcé y me maravillé ante la perfección de sus facciones y sus penetrantes ojos amarillos, del mismo color de la luna y de mis ojos. «De todos los signos sobre la superficie de la tierra, la mirada de los gatos es el más equívoco», reflexioné. O casi, la mirada de Tallulah era más misteriosa e inescrutable que la de cualquier felino, gato o pantera. Escuché pasos. Era un señor ya grande de edad, vestido de dril. El viejo, supuse, sería el velador.

—'Nas *nochis* —dijo.

—Buenas noches —respondí.

—Bonita luna, ¿la vio?

—Sí, muy bonita —respondí.

—¿Le gustan los gatos?

No contesté de inmediato. El animal me miraba fijamente mientras maullaba abriendo las pequeñas fauces que revelaban una lengua y unos colmillos diminutos que me inspiraron ternura.

—Los gatos son los animales más perfectos de la creación —dije.

El hombre, que tendría alrededor de setenta años, me miró con recelo.

—A ver, présteme.

Le entregué el pequeño gato pensando que querría verlo de cerca para confirmar o negar mi afirmación, pero en cuanto lo tuvo en sus manos, con un movimiento preciso y brutal le rompió el frágil pescuezo. El gatito apenas sí alcanzo a lanzar un maullido agudo y débil antes de morir. El viejo, con un movimiento que lo convirtió por un segundo en un absurdo lanzador de discos, arrojó el pequeño cadáver al montón donde los otros cuerpos yacían inertes. El criminal se sentó a mi lado en la escalinata, sacó una cajetilla de cigarros Faros, me ofreció uno que no acepté, y procedió a encenderlo con parsimonia.

—No se alarme, señor. Son una pinche plaga, ya no encuentra uno qué hacer con ellos. —Permanecí callado—. A mí me pagan por cuidar la obra y me han dado órdenes de que me deshaga de ellos. Cuando llegué eran como doscientos o trescientos y va *usté* a creer que había gente de por aquí que venía a darles de comer, dizque porque les daban lástima, pero son una pinche plaga oiga, se multiplican *pior* que conejos de la noche la mañana, hacen mucho ruido, son hasta una fuente de infección con toda la caca y los *miados* que dejan por todo lados.

El viejo hizo una pausa para darle una larga chupada a su cigarro. Yo lo estudié con detenimiento. Era un hombre cabal, fuerte para su edad. Usaba un sombrero café de fieltro, gastado por el uso, pero lo portaba con dignidad. Su cara me recordó la de un actor de los años cuarenta que se llamaba David Silva.

—Eso que me dice de los gatos —dije con voz fría— es lo mismo que yo pienso de ustedes, los humanos.

—Ah, *chingá, chingá* —dijo burlón—. *Pos* ¿qué es *usté*? ¿Un pinche marciano?

A continuación soltó una carcajada. Su risa era la de un hombre triste que quiere engañarse con la idea de que es feliz. Otro gatito, posiblemente hermano del otro, se había acercado y yo lo agarré del pellejo del lomo de esa manera en que se deben sujetar los gatos para inmovilizarlos.

—A ver, amigo —dije incorporándome y poniéndole el gato frente a la cara—. Ahora mate a este «pinche gato».

El hombre me miró con desconfianza y cautela, se incorporó del escalón que compartía conmigo y apagó su cigarro pisándolo con uno de sus toscos zapatos.

—Mejor ya váyase, oiga —dijo con esa voz ladina característica de la gente desconfiada de pueblo, al tiempo que se llevaba una mano a la espalda donde con toda certeza portaba una pistola. La mayoría de los hombres en México cargan pistola. Ir armado es una noble tradición que data de los tiempos lejanos de la colonia, además de ser una necesidad de los tiempos modernos. No me moví porque, en primer lugar, consideré que ya venía sufriendo demasiadas órdenes. Primero las de Tallulah, luego las de don Férreo y luego otra vez las de Tallulah. En segundo lugar, yo había venido a comulgar espiritualmente con mis amigos felinos bajo la luna loba y ese hombre había interrumpido con su acto violento mi reencuentro con los ciudadanos de Gatópolis. En tercer lugar, había llegado el momento de que alguien le diese una lección al viejo asesino, cuyo destino inmediato evidenciaba que la ilusión viaja en tranvía porque siempre llega a tiempo, como la muerte o los actos de justicia divina. Puse el gato aterrado frente a su cara y le increpé.

—¿Sabe usted cuáles son los tres componentes absolutamente necesarios para que se pueda cometer un acto satánico de brujería?

El viejo no sacó la pistola pero tampoco retiró la mano de la espalda. Me miraba ahora con gesto contrito sin decir nada.

—Es muy simple —dije—. Los tres elementos necesarios para que un acto de esta naturaleza ocurra son: el diablo, una bruja y el consentimiento de Dios todopoderoso. Al menos eso es lo que pensaban los antiguos en el siglo XV, cuando, entre otras cosas, el gato comenzó a ser considerado oficialmente por la Iglesia como un instrumento maligno del demonio. En aquel siglo, un papa, celoso de su deber como protector de los fieles, decidió que había llegado el momento de reunir a las mejores mentes cristianas de su tiempo para formular un plan que salvaguardase las almas humanas del acoso y la seducción satánica. Según él, y cito directamente del texto porque lo sé de memoria: «Muchas personas de ambos sexos, desatentas de su propia salvación, se han abandonado a los diablos, íncubos y súcubos, y a través de sus hechizos, invocaciones, conjuros y otros encantos y artes malditas, han cometido enormes y hórridas ofensas, han matado infantes aún en el vientre materno, así como los retoños del ganado, han profanado los productos de la tierra y las uvas de la viña. Estos engendros han afligido y atormentado hombres y mujeres, bestias de trabajo, así como animales de otras clases con terribles e impíos dolores y enfermedades internas y externas; le impiden al hombre que cometa el acto sexual y le impiden a la mujer que conciba; los hombres no pueden conocer a sus esposas ni las esposas a sus maridos; y por si esto fuese poco, ellos, de manera blasfema, renuncian a la fe que es suya por el Sacramento del Bautismo y a la instigación del Enemigo de la Humanidad no se detienen para cometer y perpetrar las más sucias abominaciones y los excesos más reprobables ante el peligro para sus propias almas».

Nunca supe si el viejo alcanzó a comprender mi discurso, pero sus ojos expresaban gran recelo y temor. Pregunté:

—¿Sabe usted qué fue esto que acabo de recitarle de memoria? Pues nada menos que el principio de la bula papal que en aquel desdichado siglo XV escribió el papa Inocencio VIII para darle inicio formal a las perversas actividades de la Santa Inquisición, cuyo trabajo oscuro consistió en identificar brujas y servidores de Satán, procesarlos y ejecutarlos de la misma manera en la que usted ha ejecutado a estos gatos a quienes, sépalo usted, yo considero mis hermanos.

Aquí hice una pausa. El viejo estaba pálido y la mandíbula había comenzado a papalotearle.

—Ya váyase, pinche loco borracho —dijo el viejo, pero ésas fueron sus últimas palabras.

Dos días después los diarios reportaron un macabro hallazgo: un velador había sido asesinado brutalmente y sus restos habían sido devorados por docenas de gatos hambrientos en un lote baldío del centro de la ciudad. El asesino lo había abierto en canal y los gatos famélicos, en un festín que duró toda una noche, habían dejado únicamente los huesos del humilde hombre. «La justicia en este país raramente trabaja», pensé al cerrar el diario, «pero cuando trabaja lo hace de manera misteriosa y a veces poética».

JUSTICIA DIVINA

Antes de volver a su terruño manchego, don Férreo se había propuesto consultar con algunos historiadores mexicanos información bibliográfica relacionada con su importante proyecto. En las semanas recientes había estado revisando documentos en el Archivo General de la Nación y en las bibliotecas del Colegio de México y la Universidad Nacional, con el propósito de investigar más a fondo la historia del vampiro mexicano, el cihuateteo. Gran parte de esa información estaba en mi propia biblioteca. Mi abuelo me había legado pergaminos, autos, cédulas y expedientes imposibles de conseguir en ningún otro lado y el doctor Torquemada se había quedado atónito y turulato ante la riqueza de mis legajos antiguos.

Aquella noche lo encontré sentado en mi escritorio leyendo uno de ellos, el célebre *Tratado de las visitaciones nocturnas*, de don Aarón Hernández Montaño, el pintor y pensador mexicano conocido tanto por su afición a la pachanga y al pulque, que consumía en cantidades industriales en su estudio de las calles de Tacuba, como por sus cuadros surrealistas cuyas imágenes de los dioses aztecas se adelantaron a las composiciones nacionalistas de los tres grandes del muralismo mexicano. Interrumpí su sesión de trabajo para referirle lo que había pasado en la ciudad de los gatos y el inmortal me escuchó con atención. No omití ningún detalle.

Cuando adiviné en la expresión de su rostro la preocupación por mi posible ingestión de sangre humana, lo tranquilicé diciéndole que no había bebido ni una sola gota de la sangre del viejo, cosa que era cierta.

—Es la historia de siempre, Tenebroso —dijo al tiempo que hacía a un lado el volumen finamente encuadernado con piel humana y comenzaba a jalarse el bigote prusiano—, la lucha sin cuartel que desde el principio de los tiempos hemos tenido que librar en contra de la ignorancia y la superstición humana. Creo que actuaste de manera correcta. En tu lugar, yo hubiese hecho exactamente lo mismo. Considera ese paradigma odioso que permite que en nombre de un prejuicio supremacista, digamos, el mortal intente, desde tiempos inmemoriales, destruir todo aquello que no entiende. Este caso ilustra con claridad esa actitud. El viejo matafelinos asumió, sin ningún tipo de fundamento racional, que una multitud de gatos, una tribu, digamos, de gatos inocentes era una plaga que debía ser eliminada. Me pregunto: ¿qué sucedería, estimado sobrino, si la mentira que hace posible este paradigma fuese otra? ¿Qué sucedería si una especie distinta de animales considerase que un lugar como esta gran ciudad no fuese sino un foco de infección producido por la sobrepoblación humana y decidiese actuar de manera consecuente arrojando una bomba nuclear que exterminase a todos sus habitantes? Esta posibilidad nos obliga a hacernos las siguientes preguntas: ¿cómo se concibe y distribuye la justicia? ¿De qué manera misteriosa se dispone quién es superior y quién inferior? ¿Quién decide quién vive y quién perece? La respuesta es simple: esa decisión no la toma aquél a quien le asiste la razón, ni el más sofisticado intelectualmente, sino siempre el más fuerte. No hay otra respuesta. No hay nada que la ética pueda hacer al respecto porque el dilema no es moral. No hay manera de que las leyes humanas puedan alterar esta realidad fatídica pero natural, simple y sencillamente porque la ley suprema la escribe, la interpreta y la impone el más fuerte. —Don Férreo hizo una pausa, se jaló el bigote y carraspeó—. El viejo matabichos, gracias a su fuerza superior, se convirtió en el ángel exterminador, digamos, de esos gatos indefensos. Es posible que dentro de la cosmovisión felina de esos seres, que dentro del mundo mítico de la civilización primitiva creada por esos animales, el viejo fuese para ellos la deidad terrible que acude de cuando en cuando a ejecutar a aquellos miembros de la tribu cuyos pecados les habían hecho merecedores de un destino tan terrible como ése. Tal vez para esos gatos el viejo era lo que en algunas religiones se considera una fuerza oscura, una deidad omnipotente, un Tezcatlipoca nocturno, un Zeus implacable. Tú, Tenebroso, percibiste con claridad que el viejo no era un dios, sino apenas un pobre hombre, un empleado mal pagado, vencido por la vida y cuyo único poder en este mundo consistía en eliminar criaturas más débiles que él, seres a quienes tú les habías tomado afecto. Tu decisión de eliminarlo fue acertada, ya que de esa manera ejerciste precisamente la ley suprema de la que estamos hablando, la del más fuerte, y actuaste con el derecho que ese poder y esa justicia simple te otorgan. Al matarlo no echaste por tierra esa cosmovisión felina sino que la reafirmaste, puesto que te convertiste en la fuerza positiva, la deidad luminosa que se impuso sobre la fuerza oscura, equilibrando así el orden existente. —Don Férreo hizo una pausa y dijo a manera de conclusión—: A propósito de fuerzas oscuras, ahora recuerdo que Tally te estaba buscando para pedirte que le vayas a buscar algún antojito.

Así terminó su breve disquisición don Férreo Torquemada y López. Yo no dije más y me retiré a buscar a la deidad suprema de la casa en cuyo vientre residía el prometedor centro de nuestro universo.

ROMANCING TALLULAH

Isabel Tallulah, condesa de Burberry y Bloomingdale's, estaba a punto de sufrir otra crisis nerviosa. Lo único que se lo impedía era su alto sentido de la dignidad y del ridículo. Toqué a la puerta de su habitación y entré con cautela. Isabel me miró desde su estatura moral superior, desde su belleza supernatural, desde su sacrosanto embarazo de tres meses.

—Ah, eres tú —dijo desdeñosa.

—Suenas decepcionada —respondí, recordando un diálogo de mi novela favorita del británico Graham Greene.

—Con frecuencia una suena exactamente como se siente —dijo ella, al tiempo que retornaba a la tarea de cepillar su larga y brillante cabellera.

La visión del mechón blanco me llenó de un sentimiento de ternura conyugal porque éste era parte del precio que mi consorte había pagado por nuestro hijo, perdón, hija. Tallulah me miró con un gesto que me pareció demasiado serio y a continuación soltó la bomba:

—Tenebroso, no soy feliz en México y quiero volver a Nueva York. —Dijo esto de manera seca y brutal—. Ya lo discutí con mi tío y a pesar de que él ha hecho lo posible por convencerme de lo contrario, estoy determinada a irme cuanto antes.

Me tuve que sentar porque sentí que iba a desmayarme. La monstruosidad que había salido de sus labios era lo último que esperaba oír. Tuve que hacer un gran esfuerzo para conservar la serenidad y responder. «Tenebroso», me dije, «aquí es donde tus chicharrones inmortales tienen que tronar». Le pedí a Isabel que nos calmásemos para evitar una pelea. Después le sugerí que discutiésemos el grave asunto fuera de la casa, en un lugar neutral, y la invité a cenar al día siguiente a su restaurante favorito. Necesitaba ganar tiempo para pensar en una estrategia apropiada al tamaño de la crisis y calcular con frialdad mi siguiente movimiento. Isabel no se esperaba este truco ingenioso y como la tomé por sorpresa aceptó, cosa que a mí también me sorprendió y ayudó a que me tranquilizara. Cuando salí de su habitación me pareció notar en su rostro un gesto que me hizo deducir que hasta ella estaba asombrada de haber accedido. Llamé por teléfono esa misma tarde al restaurante Las Flores del Mal para hacer una reservación y después hice otra llamada para pedir una limusina que nos viniese a buscar la noche siguiente a las once.

Al día siguiente comencé a arreglarme con esmero dos horas antes de la cena. Sobra decir que Mariselo Morales se ofendió terriblemente porque no requerí sus servicios de chofer, pero yo no podía arriesgar la posibilidad de que una noche tan importante fuese arruinada por la flatulencia de mi sirviente. Nada más eso faltaba, que el futuro de mi matrimonio fuese estropeado por un pedo inoportuno. A las once en punto un chofer uniformado se presentó a la puerta de la casa y cuando Isabel Tallulah, condesa del Plaza y del Ritz, bajó como una reina ofendida la escalinata de mármol hasta la antesala, yo me quedé boquiabierto. Tallulah se había puesto un atrevido vestido negro de Versace, la marca favorita de las inmortales malas, con un escote amplio que revelaba unos pechos maduros y turgentes. Su cabellera negra estaba recogida en un chongo victoriano y un bilé oscuro realzaba la exuberancia de sus labios pródigos creando un fuerte contraste con la blancura de su piel. El violeta violento de sus ojos resaltaba aún más con el discreto toque del delineador. A los tres meses no se le notaba el embarazo pero el movimiento misterioso de las hormonas había producido un cambio notable en su sensual cuerpo centenario. Se veía más femenina, más *femme fatale*, más peligrosa que nunca. Sus caderas se habían ensanchado, sus pechos habían crecido y percibí tanta lubricidad en su presencia rotunda que mi cuerpo respondió con un deseo sano y urgente que me sorprendió. Faltaban diez meses para que nuestro hijo naciese, porque el periodo de gestación de un inmortal es de trece meses, no de nueve, pero supe entonces que en el tiempo restante la belleza de Tallulah aumentaría. Tenía la evidencia frente a mí.

La noche anterior yo había tenido una revelación. «Es muy simple, Tenebroso», me dije, «tienes que enamorar a tu mujer. Has hecho todo menos eso y Tallulah es una vampiresa *sui generis* que cree en el amor y en la felicidad. Has sido un marido decente, un buen marido cuya conducta ha sido irreprochable, pero no has sido romántico: la felicidad de una pareja no tiene nada que ver con la decencia y la bondad». Por esta razón llamé una vez más al restaurante para dar mis últimas instrucciones. Solicité que pusiesen una orquídea negra en el centro de la mesa. Ordené que me enfriaran una botella de Dom Perignon, que era el champán favorito de Tallulah, y recordé lo que la magnate del vino, Lily Bollinger, dijo sobre la bebida espumosa: «Lo bebo cuando estoy triste y cuando estoy feliz. A veces lo bebo cuando estoy sola. Cuando tengo compañía lo considero obligatorio…, de otra manera nunca lo toco, a menos que tenga sed». También di indicaciones para que me tuviesen listas dos botellas del vino francés favorito de mi esposa, un tinto de nombre largo y pretencioso: Richebourg Domaine de la Romanée-Conti, cosecha del 69. Hablé con el gerente del lugar y le di instrucciones estrictas sobre el menú para que se las transmitiese al chef. Me esmeré en mi arreglo. Me puse uno de mis trajes nuevos y hasta un poco de perfume que Isabel me había regalado y yo no había usado, porque como ella decía con razón, en el fondo soy un vampiro un poco rústico.

Nos subimos a la limusina e hicimos el recorrido prácticamente en silencio. Cuando llegamos al fino comedero Isabel no pudo ocultar su alegría ante el detalle de la orquídea. Tomamos champán antes de ordenar la cena. Un violinista se acercó a interpretar al lado de nuestra mesa algunos de mis valses mexicanos favoritos. Isabel ya conocía esta música porque una noche la había llevado a La Ópera a escuchar valses porfirianos. El músico tenía el repertorio ideal para una velada como aquélla. Tocó primero el más bello de los valses mexicanos, *Alejandra*, después algo de Ponce y continuó con piezas delicadas y románticas por el resto de la cena. El menú que elegimos fue una trasgresión necesaria a la dieta que nos había impuesto don Férreo, pero era una noche especial y lo último que nos importaba era el famoso régimen alimenticio. Teníamos ante nosotros una situación de emergencia matrimonial y ambos sabíamos que nuestro porvenir como pareja estaba en juego. Cenamos. Poco a poco, como si fuésemos adolescentes inexpertos y no inmortales centenarios, entramos al terreno difícil del desacuerdo. Isabel echaba de menos Nueva York. Extrañaba su vida de fiestas y actividades sociales, salir a la calle sin preocuparse por el riesgo de un secuestro, más por la inconveniencia que eso podía representar que por cualquier riesgo real a su seguridad. Sentía una gran nostalgia por la ópera, por los museos neoyorquinos, sus mascotas salvajes, la comida que Olaf le preparaba, sus baños de sangre. Y tenía hambre. Tenía un hambre de loba, porque la inmortal preñada tiene esa característica en común con la dueña de los bosques.

—Imagínate, *dah-ling*, tener hambre en mi estado —decía Tallulah con su pretencioso acento anglófilo de Park Avenue.

Mi estrategia comenzó a rendir sus frutos. La música había surtido el efecto deseado y la bestia furiosa que habitaba el corazón de Isabel había comenzado a tranquilizarse poco a poco. El exquisito vino francés había penetrado con eficacia el cuerpo perfecto de Tallulah y lo había transformado, de arma peligrosa, en un artefacto sentimental que resonaba con el violín cuyo dulce vibrar me hacía evocar, pensando en nosotros, la imagen de una pareja de cuervos volando al ritmo de la melodía. Hasta su tono de voz era distinto al acostumbrado y cuando finalmente me miró, ya no con arrogancia ni con altanería, sino con algo que se parecía al amor, yo me dije, como si fuese mi ídolo del cine nacional, Mauricio Garcés: «Arrroooz, Tenebroso, la traes muerta». Pensé con orgullo: «Esta chulada es la inmortal de mi vida y la futura madre de mi hijo, perdón, hija». Por primera vez en muchas semanas comimos carne, una exquisita selección de cortes de jabalí de Chihuahua y cordero patagónico, delicadamente hechos a la parrilla y acompañados por verduras orgánicas de Xochimilco. Hacia el final de la cena logramos realizar un pacto. Emprenderíamos un largo viaje y volveríamos cuando ella lo desease. Primero iríamos a Nueva York y de allí volaríamos a París o a Londres. Después iríamos a Madrid o a alguna ciudad de Italia. A partir de esa noche todo comenzó a cambiar entre nosotros. Una sensación desconocida me invadió: experimenté la dulce y peligrosa paz que trae consigo la felicidad absoluta que es producto del amor a la esposa, el más profundo y honesto del mundo.

PARÍS

El amor es una pesadilla disfrazada de sueño húmedo. Es un jinete del Apocalipsis con antifaz de llanero solitario. Es el ángel exterminador enmascarado de ángel de la guarda. Es una flor carnívora vestida de naranjo en flor más blanda que el agua. Es Tallulah, condesa de Sade, disfrazada de Isabel santísima en estado de gracia. Cierto, el romanticismo de mi esposa era casi tan grande como su egoísmo o su tan llevada y traída vanidad. Para ella, tener un marido romántico a su lado significaba tener un esclavo a su completa disposición día y noche. Significaba ser propietaria de un ser que disolviese por completo su identidad para formar no una nueva en compañía de la suya, sino una inferior que le sirviese a su antojo. Por esta simple razón, cada día y cada noche yo tenía que ingeniármelas para hacer algo claramente romántico que pudiese satisfacer su trauma de la infancia, porque yo tenía una teoría que explicaba estas tendencias nocivas como el resultado de un daño psicológico o un defecto pedagógico típico de una crianza normal.

Viajamos por dos meses. Primero fuimos a San Francisco, donde uno de mis actos románticos fue llevarla a la ópera a escuchar *Tosca*. Nada más romántico que la trágica Tosca, porque Giacomo Puccini es el Juan Gabriel de los compositores italianos. Cuando acabó la función —Tallulah había llorado y el llanto le causaba hambre—, la llevé a cenar ostiones con champán en Boulevard. Rematamos la jornada con un paseo nocturno en el Cable Car rodeados de turistas obesos de Tejas y Kansas, subimos y bajamos colinas cubiertas de fría niebla. Suena romántico, no lo es. Después de San Francisco fuimos a Nueva York, donde mi acto romántico consistió en acompañarla de compras y regalarle un caro anillo en Tiffany. Dimos largos paseos por Central Park, fuimos al Guggenheim, cenamos en Tribeca y visitamos lánguidas y vetarras viudas millonarias con apellidos exóticos que nos ofrecieron té inglés y sandwichitos rellenos de pepinos y crema. Una noche tuve que acompañarla a cenar con Pancho Pitone porque Tallulah consideró que era idiota que yo tuviese celos de su pariente, y como ella sabía que para mí eso era imposible de evitar, el ponerme en esa situación no dejaba de tener para ella algo de romántico. Londres fue fácil, fui con ella a ver galerías de arte, cosa que me hizo preguntarme por qué las mujeres ricas viven la mitad de sus vidas yendo a galerías de arte. En Whitechapel le dije que la amaba y ella fingió no oírme, aunque apretó mi mano con su mano enguantada. En el Globe Theater, donde vimos una representación de Hamlet, hablamos de la obsesión de los mortales por la muerte. En Regent's Park discutimos la inminente decoración del cuarto de su hija.

Las ciudades antiguas relajan a Isabel. Los viejos ladrillos parecían producir en ella un efecto tranquilizador. Confirmando el cliché, nuestras noches más románticas fueron en París, donde caminamos hasta altas horas de la madrugada, sedientos pero disciplinados, enamorados pero muy propios. Yo quise visitar la tumba de Baudelaire; ella, la de Coco Chanel. Yo quise sentarme todos los días en el Café de Flore porque tenía recuerdos de mis días de juventud en esa ciudad de poetas y filósofos y, aunque éste fuese otro cliché, el lugar seguía siendo un café de escritores que fingían no espiarse mutuamente. En Madrid yo quise ir a la Plaza Mayor y ella quiso ir a las corridas de toros. En Roma ella no salió de las *boutiques* y yo no salí del hotel, porque la comida italiana siempre le ha causado graves daños a mi aparato digestivo, cosa que no ayudó al planeado romanticismo pero que no pude evitar.

Nuestros dos meses en Europa fueron predecibles, porque en todo aquello que sea romántico no puede haber sorpresas, pero útiles para fortalecer nuestros lazos matrimoniales. Isabel comenzaba a disfrutar su gravidez. Qué cosa más misteriosa le ocurre al cuerpo femenino en estado de gracia materna. Como resultado de la transformación, el mismo rostro de Isabel había cambiado. Tenía un aura nueva. Esa luz poseía un peso y un brillo específicos. No únicamente su rostro sino la totalidad de su persona irradiaba algo sagrado. Su vientre se había convertido en el centro absoluto de nuestro universo. Yo finalmente había conseguido que Isabel me viese como un inmortal cabal, digno de su amor y, mejor aún, de su respeto. También había conseguido su promesa de permanecer a mi lado en nuestra casa mexicana.

De Italia volvimos a París, desde donde volaríamos a México. Tanto habíamos disfrutado aquellos días en la ciudad de Balzac, que en Italia decidimos volver a París antes de nuestro retorno. Una noche, ya de vuelta en Saint Germain, yo bebía una copita de ajenjo en el Café de Flore y leía *La tentación de San Antonio*, una novela poco conocida de Flaubert. Tallulah se había ido a buscar una mascada de seda que había visto en la vidriera de una *boutique* cercana. Yo estaba concentrado en mi lectura cuando una mujer se me acercó con el pretexto de que no había mesas disponibles. Mi caballerosidad natural hizo que le ofreciese sentarse a mi mesa. La mujer no era francesa, sino española, circunstancia que me hizo recordar a Carlota Negri y la peligrosidad de las bellas y malvadas hijas de Iberia. La mujer tenía puesto un vestido ligero a pesar de que la noche era fresca y, aunque no era tan bella como la Negri, poseía el encanto característico de sus compatriotas. Me sorprendió su osadía. París es un lugar donde la gente no se acerca a los extraños y se me ocurrió que la mujer tal vez estaba loca. Deseé que éste fuese el caso porque las conversaciones con mortales dementes con frecuencia suelen ser fascinantes. Me equivoqué. La española dijo que me había reconocido por mi anillo de inmortal.

Al principio de lo que consideré una intrusión sospechosa, yo me conduje de manera intachable pero fría. Pero a los pocos minutos la mujer sacó de entre sus notables pechos una cadena de donde colgaba el anillo de inmortal de su familia. Lo hizo de una manera discreta. Yo bajé la voz al acercarme a ella y le hice la pregunta secreta con la intención de oler su aliento, única manera absolutamente segura de saber si alguien es inmortal, porque siempre era posible que un mortal pudiese haber adquirido de manera ilegítima una de estas raras alhajas sagradas. Ella se sonrió con gracia y se acercó a mi oído para susurrar la frase que debía ofrecerme como confirmación de su identidad y al hacerlo pude oler el perfume de la muerte en sus hermosos labios. Los dos nos reímos espontáneamente con la risa alegre y sincera de quien ha encontrado a un pariente perdido o desconocido. Se trataba de Candelaria Ibarra de Pérez y Pérez, duquesa del Valle del Lodazal Amargo, una heredad antigua en la frontera de España con Portugal, según me dijo después de pedirme que la llamara Candela, o mejor aún, Cande. Por espacio de una hora charlamos e intercambiamos datos tratando de elucidar cuál podría ser nuestro parentesco.

Como todo mundo sabe, los inmortales somos como los gitanos. Hay muchas tribus y ramas que se desprenden del mismo tronco familiar, aunque estamos dispersos por el mundo. Después de charlar amenamente por largo rato, concluimos que nuestro vínculo tenía que ser por mi lado materno, ya que mi madre era una inmortal criolla cuyos padres españoles se habían establecido en México huyendo de las cacerías de vampiros en Europa. Esto no importaba tanto, lo que sí contaba era que teníamos un origen común y eso era suficiente para tratarnos como primos cercanos. Tallulah volvió y naturalmente no se mostró tan entusiasta como yo ante la presencia de la atractiva Cande. Después de las presentaciones, Tallulah se portó como una dama, aunque una muy gélida dama. Yo ya había cometido el error y la osadía de invitar a Cande a que cenase con nosotros. Como parte de mi agenda romántica había hecho reservaciones para ir esa noche a Le Procope, un restaurante antiguo, posiblemente el más viejo de Francia puesto que ha estado abierto al público parisino desde 1686 y entre sus clientes más distinguidos ha contado con personajes de las letras y la política como Voltaire, Rousseau, Danton, Marat, Balzac y Napoleón. Es condición de la vida que nada mantiene su encanto original: al paso de los años Le Procope se había convertido en un lugar demasiado turístico. Todos aquellos que, como yo, son viajeros internacionales saben que con frecuencia los mejores restaurantes del mundo son profanados por ruidosos americanos en *shorts* y gorras de béisbol o alemanes con sandalias Birkenstock y calcetines negros. Para nuestra fortuna Le Procope aún mantenía un *dress code* que excluía a estos ejemplares deleznables de la modernidad.

La velada fue muy amena. Cande tenía un sentido del humor que hacía de ella una inmortal deliciosa. Charlamos, comimos ostras de Bretaña y bebimos con entusiasmo el vino que nos recomendó el capitán de meseros. La velada se prolongó hasta que nos quedamos solos en el comedor principal. Después caminamos a la orilla del Sena hasta que Tallulah discretamente me pellizcó el brazo hasta casi arrancarme un pedazo de piel, ordenándome con esa señal que dejase de hablar y diese por concluido mi interminable diálogo con Cande. Una vez de vuelta en el hotel Tallulah no me dirigió la palabra más que para decirme que me fuese a dormir al sofá. Así terminó la noche.

Al día siguiente recibimos un ramo de rosas negras con una tarjeta de Cande, quien nos agradecía de esa manera la cena de la noche anterior y a su vez nos invitaba a cenar al día siguiente. Me di cuenta de que mi estatus con Tallulah había cambiado porque logré imponerme ante su negativa de ir a cenar con mi nueva amiga. Me sentí poderoso saliéndome con la mía. Ese día Tallulah no me dirigió la palabra ni para desearme buen sueño. Cuando se despertó al anochecer, yo me encontraba leyendo las últimas páginas del libro de Flaubert. «Qué maravilla de libro», me decía al cerrar la novela, cuando de pronto me asaltó el recuerdo de la sensual Cande y me sentí alarmado, tal y como se sintió san Antonio frente a la seductora Amonaria y la pérfida reina de Saba. Esa alarma era la voz de mi intuición. La voz de Tallulah disipó esa imagen de mi mente con facilidad.

—*Dah-ling*, quiero café y una tostada con queso crema y caviar.

El desayuno de Tallulah, o cena según se quiera ver, tenía que ser llevado a su lecho de inmediato so pena de gran injuria y dolor. Yo jamás entendí esos desayunos sofisticados a la francesa porque, como inmortal mexicano, el último de mi estirpe y posiblemente el más exigente con esa comida tan importante para el cuerpo, estaba malacostumbrado a los manjares con que los mexicanos nos alimentamos por la mañana. La gran variedad de jugos en todas las combinaciones imaginables es algo que el europeo o el gringo que viene a México contempla con el azoro natural de quien jamás ha visto una cosa semejante. Hasta un común Sanborns puede ofrecerle al incrédulo extranjero un despliegue de jugos que el comensal no puede consumir sin llegar a la conclusión de que solamente las culturas superiores poseen tal sofisticación culinaria. Uno, pues, comienza con el jugo, que puede ser de nopal, de apio, toronja, tuna, melón, betabel, jitomate, perejil, piña, mandarina, mamey, alfalfa, chayote o calabaza y de todas las combinaciones posibles entre ellos. Luego el pan de dulce con el café. Nuestro pan está a la par del que producen las mejores panaderías y confiterías del mundo: conchas, cuernos, palomas, magdalenas, chivos, campechanas, borregas, tortugas, bigotes, hojaldras, etcétera. Éste es el principio del festín. Luego viene el guisado, que por lo general es a base de huevos. Los mexicanos tenemos muchos huevos: al albañil, rancheros, ahogados, divorciados, revueltos, estrellados, a la mexicana, en salsa verde y roja, con machaca, aporreados, tirados, *poché*, etcétera. Mucha gente dirá que por eso los mexicanos tenemos nuestra pancita. Pero la única pancita que aceptamos sin sentirnos ofendidos es la que se hace con el estómago de la vaca, también conocida como menudo, otro clásico del desayuno. Yo, por supuesto, ya me había deshecho de la mía después de varias semanas de dieta gracias a don Férreo. Lo que importa aquí es entender que uno es lo que come y uno siente y piensa como aquello que come, ergo la naturaleza particular del inmortal azteca.

La cena con Cande fue memorable por una razón: la prima nos informó que tenía un novio mexicano y que ella iría a México a visitarle dentro de un par de semanas. El gran error de Cande fue decir que su novio pertenecía a una familia emparentada con la familia de mi abuelo, el noble don Jacinto Acosta. «Imposible», pensé, pero no dije nada. Debí haberle dicho en ese momento que yo soy el último inmortal mexicano y no hay ningún registro oficial de otro descendiente de mi familia —mucho menos del lado de mi padre—, puesto que toda nuestra parentela fue aniquilada despiadadamente por la Santa Inquisición en el siglo XVIII en la histórica emboscada de Tequesquináhuac, de la cual daré cuenta en otra ocasión. «El novio de esta dulce chica peninsular tiene que ser un impostor», me dije. Pero las cosas del amor son delicadas y yo no podía arriesgarme a partirle el corazón a la cándida Cande, que claramente había sido víctima de un sinvergüenza, con toda certeza un *playboy* chilango con ínfulas de inmortal. Sin embargo, el asunto del novio me dejó preocupado por dos razones: la primera, que el fulano andaba suelto en mi territorio presumiendo de un abolengo y una prosapia falsos. La segunda, que mi pobre amiga sufriría un gran dolor tan pronto yo le informase en México que había tenido que eliminar al sujeto. La Cande no podría hacerme ningún reproche puesto que la ley inmortal, aceptada sin remilgos ni cuestionamientos por todos nosotros, es que aquel humano que tenga la osadía de hacerse pasar por miembro de alguna de nuestras tribus tiene que ser exterminado de inmediato y sin ningún tipo de consideraciones. Ella lo sabía. Tampoco quise decirle nada de esto a Isabel, que no le había puesto la mínima atención a la conversación que Candela y yo sosteníamos animadamente, ya que estaba más alarmada por el escote rabioso que la prima me ponía enfrente con una desfachatez que yo tomé por inocencia y Tallulah por simple «putería digna de señora rica de Los Ángeles o madrileña calentona», dijo. Unos días después emprendimos el regreso a México y nuestras vidas volvieron a la normalidad, hasta que llegó la desgraciada hora de mi mal.

Aquí comienza, Max, el relato del fin de mi triste imperio sobre la tierra mexicana. Un final doloroso, digno de un poema épico y que ahora ya no es más que un recuerdo que quisiera evitar pero que estoy condenado a repetir en mi memoria hasta que mi madre, la muerte, se apiade de mí y me lleve con ella a donde mi cuerpo se convertirá en polvo y ceniza de las eras.

EL ATENTADO

Uno de los riesgos más ignorados de tener una fortuna considerable es que para su administración efectiva uno requiere de la ayuda logística de un equipo de profesionales en quienes se debe delegar el manejo de los negocios, propiedades, inversiones, asuntos legales, fiscales, etcétera. Para esto son necesarios los servicios de la subespecie humana más ponzoñosa que Dios tuvo la ocurrencia de crear para jugarle una mala pasada al Maligno. La historia va así: un día, cansado de los pérfidos actos del Demonio y harto de ver las consecuencias de la inteligencia corrupta del ángel caído, Dios dijo:

—A ver, Diablo cabrón. Si piensas que tienes el monopolio de la maldad y los actos perversos en el mundo, te voy a demostrar que yo también soy capaz de concebir y crear criaturas peligrosas, despreciables, carentes de sentimientos nobles, fratricidas, crueles, vanas y egoístas.

Fue así que Dios hizo al abogado. Tan bien ejecutó su labor que la infame criatura, tan pronto encontró una manera de romper el contrato tácito de fidelidad que le debía a su creador, se fue a trabajar en el bufete del Demonio para convertirse en su representante legal en este mundo. De esta acción desleal proviene el dicho tan famoso «Dios los cría y ellos se juntan». Es por esta razón que los integrantes de las tribus de inmortales dependemos de los pérfidos e ingratos abogados para que nuestros negocios fructifiquen, puesto que una condición del Diablo para protegernos es que aceptemos sin remilgos a esa creación siniestra del Señor. Solamente así existe un equilibrio natural entre las fuerzas del mal y las del bien: al mal sólo lo controla el mismo mal. Al bien no es necesario controlarlo puesto que es efímero y los humanos lo destruyen.

Hace un par de años, cuando yo aún vivía en mi soltería indeseada, los abogados solicitaron nuestra noble presencia en una reunión de carácter extraordinario en Las Vegas, Nevada. De acuerdo con la agenda que nos hicieron llegar, nos reuniríamos durante tres días en esa ciudad artificial y vulgar para tener una sesión intensa de consulta y trabajo. Es sabido que los abogados son adictos a cierto tipo de entretenimiento propio de su condición. Con toda certeza la reunión fue organizada en esa capital del pecado porque, una vez concluida la sesión formal de trabajo, los abogados podrían mentirle a sus esposas y extender por algunos días su estadía para jugar a la ruleta, apostar a las carreras de caballos y entretenerse con meretrices caras que les harían sentirse irresistibles e importantes. Aunque esto, a su manera, lo son. No irresistibles, pero sí importantes. Los ingresos cuantiosos que obtienen gracias a la naturaleza turbia de muchos de nuestros negocios les permiten contar con fortunas considerables e influencia política. De esta manera pueden darse el lujo de adquirir esposas bellas para procrear con ellas hijos menos repulsivos que ellos, manejar autos de lujo, jugar al golf, fumar puros cubanos y usar trajes hechos a la medida. No fue hasta que llegué a las Vegas que entendí el carácter extraordinario de la reunión.

Isabel Tallulah, condesa de Idontwanto y Idontgiveafuck, caprichosa y berrinchuda como siempre, se negó a asistir, no tanto porque no le interesase el estado de nuestros negocios, sino porque no soportaba a estos seres diabólicos. Esto que refiero, repito, sucedió cuando Tallulah y yo aún no estábamos casados, así que ella era muy libre de hacer lo que quisiese, por ende tuve que ir solo a la reunión. La agenda a discutir era simple pero urgente. Los cárteles de la droga a lo largo y ancho de México estaban entrando en un conflicto interno muy serio. Las matanzas y ajustes de cuentas entre grupos rivales hacían evidente que las cosas empeorarían, al grado de poner en riesgo la estabilidad de nuestros intereses. Los abogados querían nuestra bendición para contratar mercenarios americanos e israelíes y emprender una campaña de cacería de cabezas que eliminara de manera definitiva a los capos de los cárteles en conflicto. Este movimiento nos permitiría, según ellos, imponer nuestros propios líderes y consolidar el control de las distintas zonas de transporte de la cocaína que se originaba en Colombia y pasaba necesariamente por México rumbo a las fauces del consumidor más voraz del mundo entero, los eternamente insaciables Estados Unidos. Una vez controlada la frontera podríamos renegociar con los colombianos los costos del producto para asegurarnos de que seguiríamos contando con los mejores precios del mercado; podríamos renegociar también nuestro margen de ganancias con los distribuidores en el territorio yanqui y las contribuciones a los agentes de la DEA, la patrulla fronteriza, los jueces y los senadores gringos involucrados en nuestra empresa. En resumidas cuentas, para que esto sucediese, los pocos inmortales que quedábamos en el norte del continente americano teníamos que autorizar una gran matanza.

—Nuestra acción ya ha sido consultada con nuestros amigos y asociados del gobierno americano y todos los funcionarios mexicanos interesados en el éxito de nuestra agenda —dijeron los abogados en el lujoso salón de conferencias del hotel donde estábamos hospedados—. Contamos no únicamente con su simpatía, sino con su apoyo incondicional. Si no actuamos con decisión, los mismos capos que ahora podemos destruir nos van a comer el mandado y nuestras pérdidas serán cuantiosas —insistieron.

Según ellos el asunto era pan comido, pero algo dentro de mi ser se incomodó terriblemente con la idea de matar a tanto rufián de tan baja calaña para que otros, posiblemente peores que los primeros, ocupasen de inmediato su lugar. Ahora, tengo que aclarar que yo soy idealista, pero no estúpido. Tenía muy claro que el dinero que producían nuestras actividades relacionadas con el tráfico de heroína y cocaína se había convertido en la parte principal de las ganancias que generaban los muchos negocios que los abogados administraban. Pero a pesar de esto, me molestó que nos viésemos involucrados en peleas tan salvajes, en guerras de tan mal gusto entre mafiosos pistoludos y bigotones. Por primera vez en mi vida cometí el error de negarme a proceder de manera práctica ante una crisis.

—Creo que nuestros intereses están más protegidos si no nos ensuciamos más las manos con este asunto tan enojoso —dije—. He aceptado como inevitable nuestra participación durante mucho tiempo en esta línea de inversión, pero creo que es hora de ponerle un límite a nuestras actividades relacionadas con los estupefacientes. Así que lamento decepcionarles, pero voy a tener que oponerme a esta propuesta.

Creo que mi prurito moral fue una reacción a lo que estaba sucediéndoles a ti, Max, y a nuestro querido Juramento Casto. Dos años atrás, el exceso irresponsable de cocaína al que ambos se habían abandonado comenzó a alarmarme. Su adicción había llegado al extremo de usar la droga todos los días. Yo sabía que tú eras fuerte y que podrías abandonarla cuando te lo propusieses, pero Juramento Casto era demasiado susceptible a la depresión y había dejado de ser un intelectual brillante para convertirse en un hombre sombrío, irascible y retraído. Su conducta podría calificarse de tenebrosa, valga el adjetivo. La cocaína se había adueñado de un espacio de nuestra vida social que antes era exclusivo del alcohol. La reacción que produce la cocaína en el cuerpo es parecida a la que provoca la adrenalina, es decir, libera mucha energía. En medio de una larga y amena borrachera, cuando la conversación y la fiesta comienzan a mostrar sus primeros signos de cansancio, mucha gente en México decide que no quiere estar ni borracha, ni cansada, ni aburrida y se droga para renovar de inmediato toda la energía gastada y poder continuar la fiesta hasta el fin de la noche.

Hacía tiempo que yo había notado que la presencia del polvo blanco en nuestras mesas se había convertido en parte inevitable de una rutina. Antes uno decidía reunirse en un restaurante o en una cantina y allí se acababa el asunto. Ahora se tenía que decidir, además del lugar de reunión, quién iba a llamar a qué *dealer* y cuándo, dónde, qué cantidad, de qué clase y de qué manera se llevaría a cabo la transacción. Casto había comenzado a ponerse verde. Su piel había comenzado a adquirir esa apariencia macilenta y percudida de los adictos. Tú, Max, comenzaste a decaer físicamente y como tenías acceso ilimitado a la droga, tus fiestas de una tarde se extendían una segunda y hasta una tercera noche. Todo esto tuvo que ver con mi negativa, estoy casi seguro. Ésta, por supuesto, me valió el rencor de los abogados del diablo.

Dejé Las Vegas de inmediato. No me gustaba la vulgaridad de ese reino eléctrico del simulacro y volví a México, deseoso de estar de vuelta en mi biblioteca, rodeado de mis libros. No supe más del asunto hasta dos años después, cuando tuvo lugar el horrible evento del cual tú conoces el resultado pero no los detalles que lo causaron.

Isabel Tallulah, condesa de Vogue, y yo volvimos de París más enamorados que nunca. Quisiera aprovechar la ocasión para recomendarle a todas las parejas que sufren alguna crisis en su relación que se vayan de viaje cuando menos dos meses a Europa, y que hagan todo lo posible para pasar la mayor cantidad de tiempo posible en París porque la ciudad de Dumas y Verlaine es la capital mundial del amor. No importa cuánto se odien esposa y marido, cuánto se hayan peleado y reprochado sus mutuos defectos, cuánto se hayan insultado y arrojado mutuamente chanclas y vajillas; en París el amor renacerá de las cenizas de la rutina y la mediocridad. Esto es válido para todos, menos los parisinos, evidentemente, que deambulan por su ciudad con cara de enojados. «La vida ahora será digna de nuestros anhelos», pensé a nuestro retorno. La felicidad que tanto deseaba Tallulah estaba más asegurada que nunca. A principios de diciembre, Tallulah estaba entrando en su sexto mes de embarazo y éste ya era notorio. Me daba risa y ternura ver a Isabel sufriendo crisis nerviosas al tratar de encontrar ropa que le gustase y que además le quedase bien. Fue entonces cuando Candela llamó para invitarnos a conocer al supuesto pariente mío, Paco.

Yo había sido consecuente con mi decisión de no decirle nada a Isabel sobre este impostor porque no quería alarmarla, aunque esto era tal vez imposible. Si antes del embarazo Isabel vivía ignorando el mundo que la rodeaba, en esos días de diciembre era aún más difícil distraerla de sí misma. Su panza y la hija que se gestaba dentro de ella eran el continente de ternura en que vivía. La invitación consistía en ir a una hacienda en Guanajuato que era propiedad del tal Paco. Pasaríamos juntos Año Nuevo. A medida que se acercaba la fecha yo buscaba excusas para cancelar el compromiso porque algo me daba mala espina y yo siempre he confiado en mi intuición. Pero la hora negra había arribado. Llegó el último día de diciembre. Se terminaba otro año más en el mundo y en la vida desdichada de este país huérfano y a la deriva. Las familias mexicanas se reunirían a comer romeritos, bacalao o lechón y a tomar ponche, sidra o champán, dependiendo de sus bolsillos. En las fiestas de fin de año, los hermanos se darían el abrazo de Caín, las cuñadas el beso de Judas y los niños romperían el falso jarrón chino de la tía solterona y amargada. A lo largo y ancho de la patria los pobres soñarían con un año mejor, a los ricos se les caería la baba pensando en las ganancias que habían hecho y en las que vendrían, los esposos mirarían con codicia las nalgas de las sobrinas de la esposa, las hermanas se encerrarían en alguna habitación a contarse sus relaciones extramaritales con muchachos jóvenes y en algún momento todos se mirarían con emoción cursi y por un segundo se olvidarían de que sus vidas eran miserables.

A las doce se abrazarían llenos de amor familiar y a las tres el tío alcohólico vomitaría el tequila y los romeritos en el rosal favorito de sus parientes políticos ante la vergüenza de su esposa y la indignación de la suegra y las cuñadas.

«Nuestra cena de Año Nuevo no será indecorosa, pero sí insufrible porque seguramente el tal Paco debe ser un idiota», pensé, y por mucho que a mí me cayese bien Candela, la conciencia de que su novio mexicano tendría que ser mi víctima me molestaba como molestan las obligaciones que uno no quiere cumplir. Contraté un chofer que nos llevase hasta la hacienda y volviese a la noche siguiente a buscarnos. El trayecto fue largo, aburrido e irrelevante. Cuando llegamos a la hacienda, una verdadera joya colonial escondida en algún lugar entre los cerros cercanos a Irapuato, Candela nos aguardaba con su simpatía característica. Entramos a una sala grande y fresca. Ahí estaba el impostor. Paco era un mortal de aproximadamente treinta y cinco años. Su aspecto me recordó al de Evaristo, el talabartero ladino de *Los bandidos de Río Frío*, la gran novela de Manuel Payno. Medía un metro con ochenta centímetros. Pesaría alrededor de noventa kilos. Tenía el pelo chino, patillas chinacas, largas y pobladas. Ostentaba un bigote norteño que le quedaba mal. Tenía puesta una chamarra de cuero, pantalones vaqueros, botas tejanas y un cinturón con una gran hebilla de oro donde estaban grabadas sus iniciales. «Éste no es uno de los nuestros», me dije, «no hay inmortal en el mundo que parezca cantante de narcocorridos». A Tallulah el tipo no le cayó ni bien ni mal, sino todo lo contrario, y se limitó a ser cortés y a mostrarse fatigada por el viaje. Candela ofreció bebidas que ella misma sirvió. El ruido de un vehículo llegando a la hacienda despertó mi curiosidad y Candela dijo que eran el administrador y un asistente que volvían de hacer alguna tarea propia de su rango. Paco se mostró afable conmigo. Eludió hablar de «cosas de la familia» porque según él no era necesario. Esto fue otra evidencia de su falsedad porque entre inmortales siempre nos proporcionamos esa información vital al principio de nuestras interacciones con desconocidos por una razón muy simple: uno tiene que estar siempre seguro de que está con miembros legítimos de su familia. En algún momento entró un mayordomo de mirada turbia, que tenía pinta de caballerango, a informarnos que la cena estaba servida. Apuramos nuestros caballitos de tequila y nos dirigimos al comedor. El mayordomo abrió la puerta. Primero entró Isabel, luego Candela y después entraría yo. Recuerdo con claridad que Tallulah y Candela iban un par de pasos por delante de mí cuando, sin atinar a comprender qué pasaba, vi que Candela se arrojaba hacia la derecha al tiempo que empujaba a Tallulah hacia la izquierda. El machete pasó rozándome la cara y con un solo golpe certero decapitó a Tallulah. El cuerpo sin cabeza de mi Isabel alcanzó a dar algunos pasos antes de dar un giro y comenzar a caer. Vi que sus manos se dirigían a su vientre para protegerlo en la caída. La cabeza de Isabel cayó frente a mí, a un metro y medio de distancia. Sus ojos quedaron abiertos con una expresión de dolor y tristeza que yo no conocía, y me miraban fijamente. Sus labios se abrieron para tratar de decirme algo, pero ningún sonido salió de ellos. El segundo machetazo venía dirigido a mí con la intención de decapitarme, pero no lo consiguió porque yo ya me había movido rápidamente hacia la derecha apenas advertí el movimiento del asesino. Sin embargo, no pude evitar el golpe que cayó sobre mi hombro izquierdo mientras un chorro de sangre negra se disparaba hacia algún lugar de la estancia. Mi brazo alcanzó a obedecer la orden que le di antes de quedar inutilizado por la herida y se lanzó como un perro furioso sobre la garganta del criminal enmascarado, que se aprestaba a asestarme el segundo golpe, y con gran fuerza lo estranguló. Yo alcancé a esquivar a otro hombre que un segundo antes había surgido del lado derecho de la estancia con un machete y, cogiéndole del cuello, le estrellé la cara contra una columna de mármol. Corrí en dirección de la miserable Candela, que tenía en sus manos una pistola. Antes de que me pudiese disparar le enterré un dedo en cada ojo y se los arranqué del rostro. Candela cayó al suelo aullando y revolcándose como una perra ciega. Paco había sacado otra pistola, una calibre treinta y ocho, y disparó repetidas veces acertando en mi estómago y en mi pecho, pero a un inmortal no se le puede matar con balas. La manera más efectiva de hacerlo es precisamente la que terminó con las vidas de Tallulah y nuestra hija. Me lancé en dirección suya, le arranqué la pistola antes de que pudiese darme otro tiro y se la metí en la boca, donde descargué todas las balas que aún había en el cargador. Luego di un rápido giro para evitar el golpe del machete del segundo asesino, que ya se había recuperado del golpe, pero no lo hice a tiempo y sufrí una herida profunda en la espalda que no impidió que tomase el machete que había acabado con la vida de Tallulah y lo usara para partirle el cráneo al miserable, que por un segundo había quedado paralizado de terror viendo que no podía matarme. Candela corría de un lado a otro aullando de dolor, con las cuencas de los ojos vacías y sangrantes e intentando en vano encontrar una puerta para escapar. Yo la alcancé y, arrastrándola de los pelos, la llevé al centro de la estancia, donde emprendí contra su cuerpo entero a machetazos. Le partí en dos la cabeza y luego le asesté tantos golpes que de ella quedó únicamente un amasijo de carne rota y huesos. Para mi sorpresa no había nadie más en la hacienda, el mayordomo había huido. De un tirón saqué el mantel donde estaban dispuestos los platos para la cena y con él hice un envoltorio para los restos de Tallulah. Tomé las llaves de uno de los autos que estaban estacionados en el patio de la hacienda y salí del lugar donde la infamia se había perpetrado, cargando mi envoltorio sangriento. No sé con exactitud cómo llegué hasta mi casa, donde me encerré con lo que quedaba de mi vida durante cuatro o cinco meses.

EL TEJANO

No sé de qué materia infernal está hecha la venganza. Es la pasión más venenosa que conozco. Ni siquiera el amor o el deseo sexual se apoderan del cuerpo y la mente con tal insidia. El odio que produce el deseo de venganza es un lobo hambriento que le come a uno la entraña día y noche.

Le escribí a don Férreo, quien había regresado a España semanas atrás. El pobre viejo, según supe después, aulló de dolor como un lobo al recibir la noticia del atentado. Fue él quien se encargó de organizar en Barcelona la reunión del grupo de parientes europeos que se encargarían de ayudarme a encontrar a los culpables del odioso crimen y castigarles. Únicamente en situaciones tan graves como ésta se reúnen los príncipes de los clanes más importantes. Desconozco los detalles de aquella asamblea porque en ese momento yo estaba pudriéndome en mi dolor de viudo, encerrado con los restos de Tallulah en el sótano de la casa de Coyoacán.

Aquella madrugada fatal, cuando volví a mi casa, Mariselo Morales salió de inmediato a conseguirme un médico mortal que me curase las heridas. Yo mismo embalsamé el cuerpo de Tallulah. No me atreví a enterrarla porque Isabel era claustrofóbica y me horrorizó la idea de condenarla al encierro eterno. Deposité su cuerpo en la cama de su habitación para que descansase cómoda por lo que restase de nuestra rota eternidad. Cuando saqué el feto muerto del vientre de su madre, supe que Isabel estaba, en efecto, gestando una hija. Su pequeño cuerpo, también embalsamado, yace entre los brazos de su madre. Ambos son el centro inmóvil de mi universo muerto.

El consejo de príncipes decidió castigar sin demora a los asesinos y se puso en contacto con el inmortal más apropiado para llevar a cabo la venganza: Patrick Ryan, un vampiro de ascendencia irlandesa que había nacido en Tejas hacía dos siglos, antes de que aquella región le fuese arrebatada a México por los norteamericanos. Ryan era un inmortal legendario con una reputación siniestra. Pertenecía a la rama de inmortales más sanguinarios del mundo y había participado, por diversión y no porque necesitase hacerlo, puesto que su fortuna era considerable, en las vergonzosas cacerías de indios que sucedieron en Tejas y el norte de México a mediados del siglo XIX. El brutal exterminio de indígenas había sido promovido por el corrupto gobierno mexicano, que contrató mercenarios americanos para que matasen y escalparan cuanto indio renegado pudiesen encontrar. La prueba de cada muerte era la cabellera inocente de la víctima. Cuando el consejo de príncipes le pidió a Ryan que se hiciese cargo de la misión, éste aceptó gustoso porque no había nada en el mundo que un inmortal como él pudiese disfrutar más que buscar a los criminales que habían tenido la osadía de matar a una de los nuestros y reducirlos a «comida para perros sarnosos», dijo. La cacería duró siete meses. La investigación de Ryan reveló que el asesinato de Tallulah y el atentado contra mi vida habían sido fraguados por Francesco Domenico Pitone y nuestros abogados. Uno de los motivos principales había sido mi negativa a eliminar a los capos y lugartenientes de los cárteles del norte de México. El otro, los celos y la codicia de Francesco. Ryan vino a México a entregarme el informe detallado de su investigación así como el resultado sangriento.

El tejano era un gigante pelirrojo y velludo como vikingo, de manos descomunales, espalda ancha como un buque de carga, mirada azul de hielo molido, boca grande con labios gruesos. Su linaje particular era el único entre los inmortales cuyos miembros están dotados de esos caninos ligeramente puntiagudos que han creado el cliché de los colmillos de los vampiros. Una vez que Ryan se identificó a mi satisfacción, le pedí que me siguiese a la biblioteca. Le ordené a mi sirviente que nos trajese algo de beber; Mariselo Morales, más viejo y triste que nunca como consecuencia de la tragedia, trajo una charola con una botella de Jack Daniels, hielo y un vaso para Ryan. Sin más preámbulos el gigante depositó sobre la mesa de mi escritorio un maletín de cuero negro y lo abrió sin decir media palabra. De su interior extrajo un pomo de vidrio opaco en cuyo interior se podía apreciar un líquido viscoso. A continuación sacó una caja de metal que puso frente a mí. La caja contenía, lo supe antes de que me lo dijera, la cabeza podrida de Francesco Pitone y los cueros cabelludos agusanados de los siete abogados que participaron en la organización del atentado. Por primera vez desde el asesinato de mi Isabel, pude respirar con alivio. Patrick Ryan no abrió el pomo, simplemente dijo:

—Estos son los testículos de todos esos hijos de puta. Cuando me vaya se los tiraré al primer perro que vea.

El inmortal vengador se sirvió un chorro generoso de bourbon y a continuación me dio los detalles de la empresa justiciera.

Había comenzado su investigación viajando a Nueva York para establecer un vínculo entre Paco, cuyo nombre completo era Francisco Garza Salinas, Candela y Francesco Pitone. Francesco, me informó, había perdido casi toda su fortuna con una combinación de malas inversiones en la bolsa, lujos desmedidos y deudas de juego en Las Vegas y Atlantic City. Recordé entonces que Tallulah me había comentado en alguna ocasión que le había visto perder con frecuencia grandes cantidades de dinero en los casinos a los que ella lo llegó a acompañar en muchas ocasiones. Francesco concibió el plan sabiendo que si Tallulah moría, su fortuna podría pasar a sus manos, puesto que él era su pariente más cercano. Pero antes tendría que eliminarme a mí porque una vez muerta ella, su dinero pasaría primero a mí por ser su viudo legítimo. Muerto yo, la ganancia sería doble. Francesco sobornó a uno de nuestros abogados para obtener información detallada sobre los bienes de Tallulah. Este sujeto aprovechó el momento para referirle mi negativa a entablar la guerra contra los narcos problemáticos en el norte mexicano y le habló de las cantidades fabulosas de dinero que había en juego. Francesco se dio cuenta de que el premio a su traición podía ser mayor de lo que pensaba. Nuestra muerte le haría fabulosamente rico y eliminaría todo obstáculo para que los abogados pudiesen eliminar a los capos, acción en la que él podría participar ofreciéndole legitimidad a la operación dentro del círculo cerrado de las familias de inmortales. En una reunión aciaga dos semanas después de aquel primer encuentro con el abogado deshonesto, valga la redundancia, se decidió nuestra suerte. En Nueva York Francesco reclutó a una de sus amantes, una mortal madrileña llamada Filomena Suárez, a quien entrenó meticulosamente para que pudiese hacerse pasar por una de nosotros. Le entregó el pendiente de su madre muerta, le dio su anillo de inmortal, le enseñó las preguntas y respuestas secretas de los inmortales y le dio toda clase de información exclusiva de los miembros de nuestras familias para que nos pudiese tomar el pelo, cosa que la española logró con gran perfidia y pericia desde aquel nada fortuito y ahora distante encuentro en París. El aliento inmortal lo obtuvo a base de una dieta rigurosa de ratas. Francisco Garza Salinas fue un simple accesorio. Su misión, después de todo, era simple: sería uno de los carniceros. Este sujeto no supo demasiado sobre el plan y yo tuve al menos el mínimo consuelo de ajusticiarlo aquel día negro.

Ryan me contó con detalle el encuentro con Francesco. Me dijo que hizo una cita con él en Nueva York y que fingió estar interesado en participar en las operaciones de narcotráfico en la frontera. Como Ryan es uno de los nuestros y además vive en Del Río, un poblado en la frontera de Tejas con México donde se mueven grandes cantidades de cocaína, Francesco no dudó de la legitimidad de su interés. Una vez que se ganó su confianza, el irlandés americano pudo establecer con absoluta certeza su participación en la intriga. El tejano logró que Francesco aceptase ir a su rancho con el pretexto de discutir los detalles del negocio y allí terminó con él. Mucho disfruté el relato de la ejecución de Francesco Pitone. Después de torturarlo con toda clase de instrumentos medievales que habían sido propiedad de la Santa Inquisición y que Ryan venía coleccionando desde principios del siglo pasado, el tejano lo despellejó, lo bañó en sal y limón y lo dejó en carne viva encerrado en un sótano. Al tercer día lo metió en la cajuela de un auto y lo llevó al desierto, donde lo arrastró atado a la defensa trasera; después lo abandonó un día entero atado sobre un hormiguero gigante. Al día siguiente volvió y lo decapitó. Cualquier castigo que el italiano hubiese sufrido a mí siempre me parecería pequeño. Ni su cabeza podrida, ni sus testículos devorados por un perro me devolverían la vida.

Patrick Ryan se portó como el caballero que era: me entregó la cabeza de Francesco, me dio sus condolencias y antes de irse recibió mi agradecimiento con modestia, asegurándome que para él había sido un placer el haber podido servir como instrumento de mi venganza. Nunca lo volvería a ver.

EL FUEGO

Llegar al fin es volver al principio. El universo es un círculo perfecto. La vida es una espiral de actos que se mueve en armonía con el universo. Uno nace para tarde o temprano volver al origen. Mi madre, la noche, ha venido a cobijarme. Mi mujer y mi hija reposan en su lecho. Gracias a ellas me enamoré de la vida. El amor por la esposa es el más profundo porque en ella el amor es inmortal. Ahora que he aprendido a vivir con el dolor indigno que sufren los humanos descubro que a pesar del amor ya no quiero existir. La vida es una constante paradoja, una broma cruel. Solamente vale la pena estar vivo si uno busca algo. Estar vivo es desear y mis deseos están muertos. Soy un habitante más de la ciudad más hermosa del mundo, pero moro en sus tinieblas. Resido en el sótano del tiempo. Me llamo Silencio. Me llamo Hijo de Tezcatlipoca y Guadalupe. Me llamo Hijo Imposible. Soy el bastardo de la historia difícil de mi patria fracturada, apenas un intruso, un extranjero, un exterrado. He contado mi historia porque la Historia misma está hecha de estas minúsculas desdichas, de estos triunfos y fracasos humildes. Podría llamarme Tenebroso, pero no tengo ni siquiera el patrimonio mínimo de un nombre. Soy el viudo de mujer y el huérfano de hija. Mi obra maestra quedará inconclusa.

En este lecho yace el único motivo de mi existencia. Los tecolotes cantan su anuncio del fin. El aullido del viento se cuela entre las ramas moribundas de los últimos ahuehuetes centenarios. ¿Qué he aprendido? La ciudad me ha dado una lección que pronto no tendrá sentido. Los libros me han dejado lleno de dudas porque en ellos no se formulan más que preguntas. Siempre quise escribir un libro hermoso y ahora me doy cuenta de que he escrito apenas la bitácora de mi locura, la epístola del absurdo y el sinsentido. Los cirios encendidos rodean e iluminan el cuerpo de mi esposa muerta. La flama me hipnotiza. Tengo en mis manos un cuchillo de obsidiana ensangrentado y una pistola. ¿A qué deidad le ofreceré este atroz sacrificio humano? El fuego sagrado me invita a purificar mi alma pecadora en este mismo instante, antes de que venga el diablo y se apropie de ella.

Relatado en la muy noble y leal
Ciudad de México-Tenochtitlan,
en el año de gracia de MMVII.
J. C.